KOPFTUCHMAFIA

Ein Stinatz-Krimi

Thomas Stipsits

KOPFTUCHMAFIA

Ein Stinatz-Krimi

ueberreuter

Mit freundlicher Unterstützung durch das

Bundeskanzleramt

Und des Landes Burgenland

KULTUR BURGENLAND

16. Auflage 2021

ISBN 978-3-8000-7728-1

Covergestaltung: Saskia Beck, s-stern.com
Umschlagfotos: Marko Zlousic, www.zlouma.at
Lektorat: Marina Hofinger
Satz: Hannes Strobl, Satz·Grafik·Design, Neunkirchen
Druck und Bindung: Finidr s. r. o.
www.ueberreuter.at

Für Hansi Opa

1.

Man sagt, jeder Mensch wäre imstande, einen anderen Menschen zu töten. Man sagt, es sei nur eine Frage der Zeit, bis einem die Sicherungen durchbrennen und man Dinge tut, die man nur aus der Zeitung kennt. Man sagt, in den meisten Fällen gehe es sehr schnell. Man sagt aber auch, dass sich Opfer und Täter häufig kennen. Tja. Das alles kann ich hiermit bestätigen.

Es war nur ein einziger Schlag. Der Körper sackte sofort zu Boden. Es gab keinen Schrei, nichts, nur ein dumpfes Geräusch, irgendetwas ist dabei gebrochen, glaube ich. Den Gegenstand halte ich noch in meiner Hand, ich spüre, er ist aus Metall. Ich weiß gar nicht, was es ist. Er lag einfach da auf einer Werkbank.

Aus dem Wirtshaus dringt lautes Treiben in den Hinterhof. Ich betrachte den leblosen Körper. Fast kein Blut. Ich war mir sicher, dass ein Mensch mehr blutet. Ich greife mir den Schlauch, der sich wie eine Schlange quer durch den Hinterhof schlängelt, und spritze auf den betonierten Boden. Das wenige Blut läuft schnell in den Kanal, so als würde es flüchten wollen.

Kurz überlege ich hineinzugehen, um alles zu sagen. Ihnen die Wahrheit ins Gesicht zu spucken wie eine Krebsdiagnose. Nein, es gibt keine Heilung. Ich will, dass ihr den Schmerz richtig spürt, so wie ich ihn spüre. Jeder von euch hat Schuld, keiner ist dazu berechtigt, den ersten Stein zu werfen.

Und wenn ihr euch in eurer Trauer bemitleidet, euch eure gut gemeinten Ratschläge in eure Gehirne fräst, werde ich zu den dilettantischen Tönen der Kapelle auf Gräbern tanzen. Und ihr werdet nichts dagegen tun können. Zugegeben, der Gedanke hat etwas Verlockendes, aber ich habe andere Pläne.

Ich nehme die Leiche an den Armen und schleife sie nach hinten, wo der Besitzer sein Holz lagert. Dort kann mich auch keiner der Gäste sehen, selbst wenn sie den Hinterhof betreten. Schnell nehme ich das Handy, das dem Opfer gehörte, an mich und schalte es ab. Die SIM-Karte werde ich dann im Auto entfernen. Mit einem Brillenputztuch wische ich den Schlauch ab.

Als ich gerade dabei bin, den leblosen Körper durch die alte Holztür nach draußen zu zerren, betritt einer der Gäste den Hinterhof. Ich verstecke mich hinter einem Holzstoß und beobachte ihn.

Er blickt sich kurz um und ruft den Namen des Opfers. Er wartet natürlich vergebens auf eine Antwort. Er steckt sich eine Zigarette in den Mund und ruft erneut den Namen, der mir schon lange schlaflose Nächte bereitete. Doch was ich heute erfahren habe, war zu viel für mich. Meine Sicherungen sind einfach durchgebrannt.

Und die Wirkung nach außen hätte meinen guten Ruf beschädigt, sie hätten hinter meinem Rücken getuschelt und mit dem Finger auf mich gezeigt.

Der Mann hat bereits den obersten Knopf seines Hemdes geöffnet und seinen Krawattenknoten gelockert. Der Anzug, den er trägt, war nie modern. Die Bundfalten in seiner Hose bestätigen meine Annahme. Er steht nun genau an der Stelle, wo das Opfer lag. Der Boden ist noch feucht, aber aufgrund der schummrigen Beleuchtung fällt ihm das nicht auf. Die Zigarette fällt zu Boden und ertrinkt im schuldigen Wasser.

Jetzt kommt er direkt auf mich zu, biegt kurz vor dem Holzlager ab und betritt die Herrentoilette. Wenn er die Spülung betätigt, werde ich schon längst weg sein.

Vorsichtig lege ich die Leiche in den Kofferraum. Gott sei Dank habe ich genug Platz, locker würde auch noch ein weiterer Körper darin Platz finden. Ich achte behutsam darauf, den Wagen nicht mit Haaren und Blut zu beschmutzen. Langsam rollt mein Leichentransport davon, die Scheinwerfer vorerst noch ausgeschaltet entferne ich mich vom Tatort. Die Lichter des Wirtshauses sind nur mehr kleine Punkte und werden schließlich von der Dunkelheit verschluckt.

Unterlimbach in der Steiermark knapp an der Grenze zum Burgenland wirkt um diese Zeit völlig ausgestorben, kein einziges Auto begegnet mir auf meinem Weg. Der Gedanke, dass heute ein Mensch durch mich sein Leben verlor, blitzt durch meinen Kopf. Wenn er eine Farbe hätte, würde ich sagen rot. Auch beim Blinzeln flackern rote Tupfen vor meinen Augen. Die Tatwaffe liegt am Boden des Beifahrersitzes. Ich werde sie am geplanten Ort verschwinden lassen. Der Ort liegt hinter der Grenze, über den Lafnitz-Fluss drüber, im Burgenland.

Sicher werden die Leute vor Ort langsam unruhig werden. Der unmodische Typ hat sicher schon berichtet, dass er gerufen und keine Antwort bekommen habe.

Man wird sich auch drüben langsam Sorgen machen und den toten Menschen in meinem Fond zu vermissen beginnen. Ich muss schnell wieder dort sein, sonst merken sie noch, dass auch ich fehle.

Das Gute an kroatischen Hochzeiten ist die Tatsache, dass ein ganzes Dorf auf den Beinen ist und man in der großen Menschenmenge leicht unbemerkt verschwinden kann.

Ich denke darüber nach, ob ich wirklich die Absicht hatte, einen Mord zu begehen. Offiziell würde ich sagen nein, aber es war mir im Grunde meines Herzens klar, dass diese Hände auf der Ladefläche meines Autos für immer ruhen würden.

Ich biege in eine kleine Landstraße ein und lösche erneut die Scheinwerfer. Dann stelle ich den Motor ab und lasse meinen Wagen im Leerlauf rollen.

Plötzlich sehe ich Lichter, die nicht da sein sollten. Mein Puls beginnt schneller zu werden und meine Hände werden feucht. Ich fange an zu schwitzen, so sehr, dass mir der Schweiß in die Augen rinnt. Wie oft hatte ich den Ausdruck „Mir rutscht das Herz in die Hose" gehört. Nun weiß ich, wie sich das anfühlt. Beim Mord habe ich weniger gezittert.

Eine Zeit lang stehe ich einfach nur da und versuche meine Gedanken zu ordnen. Fast möchte ich zwei weitere Morde begehen, lasse aber davon ab, weil ich anscheinend noch nicht erkannt wurde. Die Männer, die ich beobachte, scheinen betrunken zu sein. Ich sehe, wie die beiden sich erleichtern, ihre Urinstrahlen kreuzen und dabei laut lachen. Fast wirken sie wie zwei fünfjährige Buben, die Spaß daran haben, sich gegenseitig ihre kleinen Zipferl zu zeigen.

Als die Männer fertig sind, legen sie sich die Hände um die Schultern und torkeln aus meinem Blickfeld. Nach kurzer Zeit wird das Licht wieder gelöscht. Ich merke, wie sich mein Puls wieder beruhigt.

Damit hatte ich nicht gerechnet. Der Platz, den ich mir überlegt hatte, um den Leichnam abzulegen und verschwinden zu lassen, ist nicht mehr relevant für mich. Auch wenn die Männer betrunken sind, sie würden mich bemerken. Wer weiß, ob sie überhaupt schlafen gehen, gut möglich, dass sie weitertrinken, und die Zeit zu warten, bis sie tief in einen alkoholischen Schlaf fallen, habe ich nicht.

Ich löse die Handbremse und mein Wagen beginnt wieder zu rollen. Ich habe an alles gedacht, nur daran nicht. Ich muss zurück zur Hochzeitsgesellschaft. Mein Wagen rollt weiter in die Dunkelheit, ganz einsam und leise. Einzig das Zirpen der Grillen durchdringt den Innenraum des Wagens. Wie fremde Musikanten spielen sie ihr Sommernachtskonzert für die grausige Fracht.

Plötzlich fällt mir etwas ein. Zugegeben, diese Möglichkeit birgt ein großes Risiko, doch sie ist die einzige Chance, die ich jetzt noch habe. Also fasse ich einen Entschluss.

Man sagt, es gäbe vier Arten von Mord: den heimtückischen, den im Affekt, den gerechtfertigten und den rühmlichen. Der jungen Frau in meinem Kofferraum ist es egal, welcher Art sie zum Opfer fiel.

Ich habe eine Stelle gefunden, wo ich sie ablegen werde. Gewiss, man wird sie bald finden, oder das, was von ihr übrig bleiben wird. Ein letztes Mal schaue ich ihr in die Augen und küsse ihr die Stirn, dann entferne ich mich von ihr.

Man sagt auch, der perfekte Mord ist jener, der nie aufgeklärt wird. In meinem Fall bin ich mir da nicht mehr so sicher, dass das gelingt.

2.

„Wo ist er? Wo ist diese Drecksau?“ Mit diesen Worten polterte Charly Pieber, Anfang 50, seines Zeichens Landwirt und Choleriker, in das Wirtshaus zum Goldenen Hirschen im steirischen Unterlimbach.

„Wer genau?“, fragte Mikovits, der dicke Wirt, ohne dabei aufzublicken. Er war darin vertieft, seine Gläser mit der Aufschrift „Trinkt Mikovits-Weine“ zu putzen, eine Tätigkeit, die er sehr gerne machte.

„Frag nicht so blöd!“

„Na ja, meinst du den Bürgermeister von Unterlimbach? Meinst du den Obmann vom Musikverein oder meinst du …“ Mikovits konnte seinen Satz nicht beenden.

„Ich spreche von meinem Bruder!“, unterbrach ihn Charly, „Wenn ich ihn erwische, dann erschlage ich ihn!“

Langsam blickte Mikovits auf. Er stellte sein Glas ab und warf den speckigen Fetzen auf die Schank.

„Tut mir leid, Charly. Diese Geschichte gibt es bereits, und sie ist sehr alt. Man wird sagen, dass du jemanden kopierst.“

„Was?“ Charly zog die Augenbrauen hoch.

„Jeder Kain hat seinen Abel, aber dein Bruder ist ja nicht einmal Hirte.“ Mikovits setzte ein leichtes Lächeln auf.

„Komm, trink ein Bier und reg dich nicht auf!“

„Ich will mich aber aufregen, das war jetzt das zweite Mal innerhalb von drei Wochen, dass mir dieser Idiot ein Metallstück ins Feld gelegt hat. Jedes Mal, wenn ich mit dem Mähdrescher drüberfahre, werden die Messer stark beschädigt. Weißt du eigentlich, was ein Messerservice bei einem Mähdrescher kostet?“ Charly hielt ihm den Metallgegenstand demonstrativ vor die Nase.

Mikovits nahm ein Stamperl vom Regal und schenkte sich einen Fernet Branca ein. Er füllte das Glas bis zum Rand und leerte es in einem Zug.

„Nein, weiß ich nicht, ist mir aber auch wurscht!“ Er füllte das Glas erneut und wiederholte den Vorgang. Dann nahm er den Gegenstand an sich und betrachtete ihn lange.

„Wieso bist du dir sicher, dass es dein Bruder war?“, fragte Mikovits, während er das dritte Stamperl leerte.

„Weil er sich rächen möchte, weil ich sein Geld verwalte und ihn kurzhalte. Nur zu seinem Besten.“

Charlys Bruder Peter wurde in Stegersbach gerne mit dem Ludwig-Hirsch-Lied „Peterle“ in Verbindung gebracht. Darin heißt es: „Wie der Peterle noch im Himmel war, damals vor vielen Jahren, da hat ihm ein ungezogener kleiner Engel, nur so aus Spaß, ganz einfach ein Kerzerl im Kopf ausgeblasen.“ Charlys jüngerer Bruder Peter war auf dem geistigen Niveau eines Kindes, und als der Vater vor drei Jahren an einem Herzinfarkt direkt am Traktor krepierte, erbte Charly die ganze Landwirtschaft, sowohl auf der steirischen als auch auf der burgenländischen Seite. Peter bekam lediglich einen neuen Vormund. Seither hilft Peter in der Küche beim Goldenen Hirschen aus. Meist lacht er die Menschen an, oft lachen sie zurück; auch wenn sie ihn dann eher aus- als anlachen, freut er sich. Manchmal rinnt ihm Speichel aus dem Mund und er nässt seine Hose ein. Ja, der Peter war eine Aufgabe, wie man hier sagt.

Mikovits hatte ihm damals eher aus Mitleid die Stelle in der Küche angeboten. Natürlich lief das inoffiziell, aber keiner der Gäste beschwerte sich darüber. Peter hatte große

Freude an seiner Arbeit, weil er sich aus der Eistruhe, die hinten beim Dart-Automaten stand, so viel Brickerl-Eis nehmen durfte, wie er mochte.

Wenn Mikovits einen guten Tag hatte, schenkte er dem Peter auch schon mal ein Stamperl ein. Danach war Peter sofort betrunken, eingenässt, aber glücklich.

„Das ist sicher von der Baustelle." Mit diesen Worten gab Mikovits das Metallteil an Charly zurück.

„Das weiß ich selber. Ich habe schon mit dem Bauleiter gesprochen, die wissen von nichts."

„Tut mir leid, Charly, ich kann dir da auch nicht weiterhelfen", sagte Mikovits trocken, ehe er sich wieder seinen Gläsern widmete. Charly fixierte Mikovits mit einem stechenden Blick. Dieser ließ sich aber nicht aus der Ruhe bringen.

„Ist noch was?"

„Ist er nun da oder nicht?" Charly wurde schön langsam aggressiv. Mikovits schüttelte den Kopf. Charly verlor die Geduld und ging schnellen Schrittes links hinter die Schank mit dem Sichtfenster, wo sich der Eingang zur Küche befand. Mikovits stellte sich ihm in den Weg.

„Lass mich durch! Ich will nur mit ihm reden." Mikovits schenkte Charlys Worten keinen Glauben.

„Nein. Lass den armen Buben in Ruhe. Glaubst du nicht, dass es nicht schon schwer genug für ihn ist?"

„Wieso denn? Aus seiner Sicht ist er normal und wir sind die Depperten!"

„Ich glaub, es ist besser, wenn du jetzt gehst!", sagte Mikovits sehr bestimmt. Er kam einen Schritt auf Charly zu.

„Wie bitte? Ich glaub, ich habe dich nicht richtig verstanden", entgegnete Charly.

„Doch, das hast du!"

Charly zog eine Packung Hobby aus der Brusttasche seiner blauen Arbeitsmontur. Nachdem er die Zigarette angezündet hatte, blies er Mikovits einen Schwall Rauch ins Gesicht. Die beiden Männer standen sich direkt gegenüber wie bei einem Duell in einem Sergio-Leone-Western. Die Luft war zum Schneiden, es herrschte aufgeladene Stille, nur das Ticken einer mit Fettspritzern verzierten Uhr war zu hören.

Mikovits ging ganz nahe an Charly heran. Er unterdrückte ein Husten, um sich vor seinem Duellanten keine Blöße zu geben. Als sie schon fast Nase an Nase standen, griff Mikovits in eine Lade, holte aus und knallte Charly einen in Folie eingeschweißten Zettel vors Gesicht.

„Rauchverbot! Neues Gesetz. Raus mit dir!“

Charly blickte kurz auf den Text, dann begann er leicht zu lächeln. Er entfernte sich von der Schank und ging Richtung Innenhof, wo sich auch die Toiletten befanden. Im Gehen sagte er noch: „Mach mir derweil ein Bier.“ Mikovits schenkte sich einen Fernet ein und nahm ein Bierglas von dem Regal.

Der Innenhof war groß und unaufgeräumt. Seit dem neuen Rauchergesetz diente er nicht nur als Übergang zu den Toiletten, sondern auch als Raucherhof. Ganz am Ende gab es ein überdachtes Holzlager, durch das man ebenfalls nach ganz draußen gelangte.

Unzähliges Gerümpel, Werkzeug, Blechreste und leere Bierflaschen von Mikovits lagen auf einer Werkbank, die ebenfalls überdacht war. Charly warf das Metallteil auf die Werkbank. Er inhalierte die letzten Züge seiner Zigarette und ließ sie anschließend in den Kanal fallen, über dem er gerade stand. Der Boden des Hofes hatte eine leichte Neigung, sodass Regenwasser oder andere Flüssigkeiten gut in den Kanal abrinnen konnten.

Charly hörte die Toilettenspülung und kurz darauf stand ein Mann im Innenhof, den er sehr gut kannte.

„Hallo. Was machst du da? Ich habe gestern ganz schlecht geträumt. Ein böser Mann hat mir mein Eis gestohlen, dabei ist das Eis so schmecklich."

Das „Paw Patrol"-T-Shirt, das Peter trug, war ihm viel zu eng. Er wollte es damals unbedingt haben, auch wenn es keine Größen für Erwachsene gab.

„Hast du mir ein Metallteil ins Feld gelegt?", fragte Charly und zündete sich eine neue Zigarette an.

„Der Mann hat einen Pferdefuß gehabt."

„Lenk nicht ab, Peter! Ich habe dich etwas gefragt", blaffte Charly.

Peter senkte den Kopf und begann in sich hineinzunuscheln. „Der mit der Bischmoschhüpfe kann mir helfen."

„WAS?", schrie Charly.

„Der mit der Bischmoschhüpfe kann mir helfen." Rund um Peters Schritt breitete sich plötzlich ein kreisrunder Fleck aus. Speichel tropfte ihm aus dem Mund und seine Augen füllten sich mit Tränen. Charly nahm Peters Kopf fest mit beiden Händen und hob ihn nach oben. Er blickte ihm direkt ins Gesicht.

„Hast du es getan?" Charly begann ihn wild zu schütteln, was dazu führte, dass Peter in einen Weinkrampf ausbrach.

Er hatte Probleme zu antworten, weil er zu hyperventilieren begann. Charly stoppte das heftige Schütteln und nahm seinen Bruder sanft in die Arme. Dabei knickte er seine Hüfte nach außen, um die Urinflecken nicht zu berühren.

„Beruhig dich, Peter. Alles gut. Ich will ja nur wissen, ob du es warst. Ich tu dir auch nichts."

„Versprochen?" Peters Augen waren verschwollen und aus seiner Nase lief ein gewaltiger Fluss Nasensekret.

„Versprochen!", besänftigte ihn sein Bruder. Peter hob ganz langsam den Kopf und blickte seinem Bruder in die Augen.

„Komm, sag's mir!" Charly streichelte seinem Bruder zart über die Stirn. Peters Lippen begannen zu zittern.

„Ich will auch ein Bauer sein, so wie du!" Das Sekret aus seiner Nase lief ihm über sein Kinn. „Der Mann mit dem Pferdefuß hat gesagt, dass ich es tun soll. Er hat gesagt, dann werde ich der Bauer sein und nicht du."

„Und deshalb hast du mir die Metallteile ins Feld gelegt?", fragte Charly mit ruhiger Stimme

„Ja. Weil dann hörst du auf und ich darf mit dem Mähdrescher fahren." In Peters Gesicht zauberte sich ein Lächeln, als er mit dem Satz zu Ende war. Zum Sekret am Kinn mischte sich nun auch etwas Speichel. Fast wie in Zeitlupe tropfte das Gemisch direkt in den Kanal.

„Ich verstehe!" Charly löste seine Umarmung und drehte Peter den Rücken zu.

„Bist du mir böse, Charly?"

„Nein."

Charly bückte sich und nahm den am Boden liegenden Schlauch in seine Hand.

„Gott sei Dank. Ich werde dem Mann mit dem Pferdefuß sagen, dass er nicht mehr kommen darf."

„Danke, Charly, du bist der beste Bruder, den es gibt." Peter wollte noch etwas sagen, kam aber nicht mehr dazu, weil Charly seinem Bruder mit einer schnellen Bewegung den

Schlauch auf die Brust schlug. Peter ging sofort zu Boden, was Charly dazu veranlasste, nochmals mit dem Schlauch auf Peters Rücken einzudreschen. In wenigen Sekunden bildete sich auf Peters Rücken ein dicker roter Wulst. Er schrie, als würde man eine Sau schlachten.

„Hör mir gut zu, du Idiot, wenn du das nochmal machst, dann werde ich dir richtig wehtun und nicht so wenig wie bisher. Hast du das verstanden?"

Peter reagierte nicht, sondern schrie ununterbrochen: „Hör auf! Hör auf!"

Als Mikovits in den Hinterhof kam, um nachzuschauen, wer da so schrie, war Charly längst durch die Hintertür des Holzlagers verschwunden. Auf dem Boden lag der Küchengehilfe in einem Gemisch aus Speichel, Urin und Tränen. Das „Paw Patrol"-T-Shirt hatte sich auf der Rückseite rot eingefärbt.

Obwohl Mikovits wusste, dass Charly ihm das angetan hatte, verpfiff Peter seinen Bruder nicht. Auf Mikovits' Frage, wer für diese Schandtat verantwortlich sei, antwortete Peter: „Der schwarze Mann mit dem Pferdefuß."

Einige Tage später blockierten Charly Piebers Mähdreschermesser erneut und er hatte wieder etwas im Mähwerk. Nur diesmal war es kein Metallteil.

3.

Gruppeninspektor Sifkovits, Anfang 40, mit leichtem Wohlstandsbauch, saß an seinem Schreibtisch im Büro des Landeskriminalamts Eisenstadt und konstruierte eine Schlange aus Büroklammern.

Er trug wie immer seine ockerfarbige Chinohose, seine ockerfarbige Ballonmütze, sein weißes Hemd und seine graue Strickweste. Er hatte diese Kombination exakt zehnmal in seinem Schrank, um sich die allmorgendliche Entscheidung zu sparen, was er anziehen solle. Die Büroräume waren spärlich eingerichtet und nur mit dem Notwendigsten ausgestattet. Allem voran der Kaffeemaschine. Es war ein Filterkaffee, zugegeben kein wirklich guter, aber mittlerweile hatte man sich an den Geschmack gewöhnt.

Sifkovits griff nur sehr selten zu Kaffee, da er mit Vorliebe Käsepappeltee mit Honig schlürfte. Außer ihm trank das niemand im Kommissariat. Freilich hatte man das als „komisches Gesöff" bezeichnete Getränk probiert, Enthusiasmus darüber wollte allerdings keiner aufkommen. Die höflicheren Kolleginnen und Kollegen beurteilten den Tee mit einem süffisanten „Mmhh, ja, interessant, aber nicht meins", die Mehrzahl jedoch mit einem lauten „Scheußlich! – Wie eingeschlafene Füße!"

Es war erst 6.30 Uhr morgens, dementsprechend langsam bewegte sich Sifkovits auf den Wasserkocher zu, der direkt gegenüber auf einem Regal stand. An der Wand dahinter thronte eine riesige Burgenland-Karte, wobei das an sich schon eine Pointe für sich darstellt. Was die Kriminalstatistik betraf, belegte das Burgenland seit Jahren den letzten Platz.

Wien, als ewiger Goldmedaillenträger, wurde scherzhaft als Everest der Bundesländer bezeichnet, das Burgenland eher als Geschriebenstein. Mit 884 Höhenmetern also durchaus ohne Sauerstoffgerät zu besteigen.

Als Sifkovits gerade dabei war, heißes Wasser in seine Tasse zu gießen, öffnete sich die Tür hinter seinem Schreibtisch. Intuitiv wusste er, dass die Tür seinetwegen geöffnet wurde, dennoch ließ er sein Teeei in die Tasse baumeln.

„Sifkovits. Zu mir!", sagte eine Stimme. Danach fiel die Tür wieder zu.

„Na, das klingt aber nicht gut", sagte ein Kollege zu Sifkovits, bevor er in eine Leberkäsesemmel biss.

Die lauten Kaugeräusche ließen hörbar keinen Zweifel daran, dass dem Kollegen sein Frühstück schmeckte. Sifkovits deutete auf die Semmel.

„Is a bissl früh, oder? Also ich würd das um die Zeit noch nicht hinunterbringen."

Schmatzend zeigte der Kollege auf Sifkovits' Tasse.

„Und ich das nicht!" Dabei fiel ihm ein kleines Stück Leberkäse aus dem Mund und landete direkt auf einem Akt mit der Aufschrift: „Hühnerdiebstahl Olbendorf-Untermühlen".

„Na dann, Mahlzeit!" Mit dem Tee in der Hand schritt Sifkovits durch die Tür hinter seinem Schreibtisch.

„Hab ich gesagt, dass Sie sich setzen dürfen!?" Sofort sprang Sifkovits wieder auf.

„Bevor Sie loslegen, Herr Oberst, würde ich Sie gerne noch etwas fragen."

„Was?", der Oberst wurde lauter.

„Darf ich mich setzen?"

Der Oberst blickte etwas verdutzt in das Gesicht seines

Gegenübers, dann schallte Sifkovits ein so lautes NEIN entgegen, dass dem Kollegen draußen im Büro erneut ein Stück Leberkäse aus dem Mund purzelte.

„Sie setzen sich erst, wenn ich es Ihnen sage!"

„Alles klar, Herr Oberst, ich habe verstanden." Sifkovits blieb stehen und nahm einen Schluck aus seiner Tasse.

Oberst Sebastian Taschner, Sifkovits' Vorgesetzter, war in einer merkbar schlechten Stimmung. Er war smarter als der Gruppeninspektor, trug einen makellosen blauen Anzug, der so viel Seele hatte wie seine makellose Frisur, und makellose Schuhe, bei denen er immer betonen musste, dass er sie anfertigen ließ.

Taschner war von Ehrgeiz zerfressen. Einer dieser Typen, die dich in der Schule nicht abschreiben ließen und in einer Gruppe nicht zwei Cappuccino, sondern zwei Cappuccini bestellen. Obwohl die Endung stimmt, kann man solche Menschen nur verachten.

„Sie wissen, was heute für ein Tag ist?"

Sifkovits fuhr sich unter seine Kappe, um sich am Kopf zu kratzen. „Also, wenn Sie mich jetzt so direkt fragen, dann würde ich sagen … Montag."

„Richtig, Herr Gruppeninspektor. Und was ist am Montag?" Sifkovits zuckte kurz mit den Schultern, bevor er eine Antwort gab.

„Äh, wahrscheinlich läuft wieder eine Wiederholung von den ‚Vorstadtweibern' oder so."

Taschner erhob sich von seinem protzigen Stuhl und reichte Sifkovits eine Liste. Nachdem der den Zettel kurz überflogen hatte, wurde ihm einiges klar.

„Ah, Sie meinen das Schusstraining, Herr Oberst, genau, das ist am Montag."

„Und warum finde ich nirgendwo auf dieser Liste Ihren Namen?" Taschner riss ihm den Zettel wieder aus der Hand.

„Entschuldigen Sie, Sie haben recht, das hätte ich wahrscheinlich heute versäumt." Sifkovits versuchte krampfhaft zu lächeln.

„So wie die letzten vier Mal auch. Herr Sifkovits, Ihre letzten Ergebnisse waren miserabel. Sie finden sich heute um Punkt 10.00 Uhr am Schießplatz ein. Verstanden?"

„10.00 Uhr sagen Sie?" Sifkovits blätterte in seinem Notizbuch. „Ah, das ist leider ganz schlecht, weil …"

„Das ist ein Befehl!!"

„Verstanden." Sifkovits wollte schnellstmöglich aus dieser Situation heraus und bewegte sich in Richtung Tür.

„Dableiben!" Er gehorchte.

„Noch etwas. Mir ist zu Ohren gekommen, dass Sie auch immer wieder ohne Dienstwaffe unterwegs sind."

Sifkovits versuchte, mit einer Geste zu beschwichtigen.

„Ja, das stimmt. Aber das war letztes Mal wirklich Pech. Ich habe so schnell wegmüssen und beim Sitzen stört mich die Waffe immer, deshalb habe ich sie in meine Lade getan …"

„Wenn das noch einmal vorkommt, dann werde ich Sie melden. Haben wir uns verstanden?"

Sifkovits nickte untertänig.

„Absolut. Es wird nie wieder vorkommen, Herr Oberst."

„Sie sind ein guter Kriminalbeamter, aber Ihre Ermittlungsmethoden gehen mir genauso auf den Geist wie der Geruch Ihres Tees. Und jetzt gehen Sie mir aus den Augen!"

Der Gruppeninspektor salutierte so heftig, dass ihm das Teeei aus der Tasse fiel. Durch den heftigen Aufprall löste sich der Verschluss und die Käsepappel-Blätter verteilten sich auf Taschners Laminatboden. Sofort begann Sifkovits, sie einzusammeln. Er kam gar nicht mehr dazu, sich zu entschuldigen, denn kurz darauf kam der nach Leberkäse riechende Kollege ohne zu klopfen ins Büro.

„Was ist Berner?", fragte Taschner forsch.

„Eine Leiche in Stegersbach. Es sieht nach Mord aus. Die Leiche stammt aus Stinatz."

Als Sifkovits Stinatz hörte, schloss er kurz seine Augen.

„Stinatz. Interessant. Sie sind doch von dort, oder, Sifkovits?"

Noch immer am Boden kauernd, nickte dieser ganz leicht.

„Worauf warten Sie? Na dann los!", befahl der Oberst.

Sifkovits erhob sich langsam.

„Glauben Sie wirklich, dass das eine gute Idee ist? Man sieht mich dort nicht als Kriminalbeamten, die haben doch keinen Respekt vor mir. Kann das nicht der Berner machen? Außerdem muss ich ja zum Schusstraining."

Der Oberst war nicht begeistert.

„Auf keinen Fall, keiner kennt den Ort und vor allem die Menschen dort besser als Sie. Nehmen S' den Berner mit. Am Abend erwarte ich Ihren Bericht. Wegtreten."

„Herr Oberst? Ich mach das lieber alleine."

Den Ausdruck in Berners Gesicht konnte man ganz leicht als Zustimmung zu Sifkovits' Idee interpretieren. Taschner ließ sich auf seinen Sessel fallen und verschränkte die Hände hinter dem Kopf.

„Meinetwegen. Aber keine gefährlichen Alleingänge. Sie halten sich an die Vorschriften und werden mit den dortigen Kollegen zusammenarbeiten. Ich werde sie darüber entsprechend informieren." Sifkovits nickte und verließ das Büro seines Vorgesetzten. Seine Dienstwaffe nahm er nicht mit.

4.

Der grüne Peugeot 206 passierte die Ortseinfahrt von Stegersbach. Viele der Plätze erinnerten Sifkovits an seine Kindheit, obwohl sich Stegersbach seither doch sehr verändert hatte. Der Ausbau der Heiltherme, die zahlreichen Hotels in der Umgebung, die Fokussierung auf den Golfsport mit der dazugehörigen Golfanlage.

Dennoch, ein kleiner Teil blieb unverändert und Sifkovits sah sich als kleiner Junge durch die Straßen laufen. Ein Ausflug nach Stegersbach war damals eine große Reise, obwohl Stinatz nur wenige Kilometer entfernt liegt.

Er steuerte seinen Wagen auf die Landstraße. Die Gegend wurde ländlicher, allmählich nahmen die Felder überhand. Die Sonne stieg langsam höher. Sifkovits begann zu schwitzen, da die Klimaanlage seines Autos schon lange kaputt war. Er bog nach rechts in eine weitere Landstraße und ließ die Therme in seinem Rückspiegel zurück.

Weit vorne konnte er nun Absperrbänder erkennen. Der Peugeot passierte eine Baustelle, auf der eine neue Wohnsiedlung errichtet werden sollte. Ein schöner Platz zum Wohnen, denn von dort hatte man einen atemberaubenden Blick auf Thermenlandschaft und Golfschaukel. Nach etwa 500 Metern wurde er von zwei Uniformierten, die dort die Gegend absperrten, aufgehalten.

„Halt. Hier können Sie nicht durch“, sagte einer der Beamten.

„Mein Name ist Gruppeninspektor Sifkovits vom LKA Eisenstadt. Ich muss zum Tatort.“ Er suchte nach seiner Dienstmarke. In der Zwischenzeit musterte die weibliche Kollegin Sifkovits’ grünen Peugeot.

„Wo hab ich sie nur?“ Er kramte in seinem Handschuhfach und verstreute dabei unzählige Firn-Zuckerln auf der Fußmatte des Beifahrersitzes.

„Ah, da.“ Die Beamten begutachteten seinen Ausweis, der in einer Folie steckte, die so zerkratzt war, dass man das Foto kaum erkannte.

„Sie wissen, wo Sie hinmüssen, Herr Inspektor?“, fragte die Kollegin.

Sifkovits nickte und nahm den Ausweis wieder an sich.

„Ihr Pickerl ist abgelaufen.“ Die Kollegin deutete dabei auf die Windschutzscheibe.

„Was? Wirklich? Seit wann?“

„Schon lange. Sie sollten das schnellstmöglich machen lassen.“

Sifkovits beugte sich unbeholfen aus dem Fenster, um das Ablaufdatum zu kontrollieren.

„Ah ja. Das muss ich ganz vergessen haben. Entschuldigen Sie, gleich morgen fahre ich in die Werkstatt.“

Die beiden Beamten nickten zustimmend. Sifkovits bedankte sich für ihre pflichtbewusste Ausübung der Dienstvorschrift und wollte passieren.

„Und noch was, Herr Inspektor. Besorgen Sie sich auch eine neue Hülle für Ihren Dienstausweis“, sagte die Kollegin mit einem leichten Lächeln im Gesicht.

„Klar. Das mache ich auch gleich morgen. Dann geht alles in einem Aufwaschen.“

Als sich der Peugeot in Richtung Tatort bewegte, blickten die beiden Beamten einander an. Sie waren sich augenblicklich einig, dass auch der Keilriemen schon etwas locker saß. Das Auto fuhr nicht einfach, es quietschte davon.

„Guten Tag, Herr Inspektor. Ich hoffe, Sie haben heute noch nicht allzu viel gegessen. Ich bin ja schon lange in der Gerichtsmedizin, aber so etwas habe ich erst selten gesehen." Mit diesen Worten kam der Kollege auf Sifkovits zu.

„Wo liegt die Leiche?", fragte er.

„Im Feld, also ein Teil davon, der Rest hängt im Mähmesser."

Als Sifkovits vor der Leiche stand, konnte er die Worte des Gerichtsmediziners besser verstehen. Direkt vor ihm lagen der Kopf und der Rumpf einer toten jungen Frau in einem Brautkleid. Am Kopf hatte sie eine große Verletzung. Aus dem Unterleib der toten Frau hingen Splitter des Beckenknochens. Sifkovits presste sich ein Stofftaschentuch vor den Mund und beugte sich zur Leiche.

„Wenn Sie mich fragen, Herr Inspektor, ist die Verletzung am Kopf die Todesursache und nicht das Abtrennen der Beine. Vermutlich verursacht durch einen harten Gegenstand. Hätte der Mähdrescher ihren Kopf erwischt, wäre eine Obduktion enorm erschwert worden. Alles Weitere kann ich Ihnen dann morgen sagen."

„Gut. Die Gerichtsmedizin ist in Oberwart, oder?"

Der Doktor nickte.

„Die Tote hatte eine kleine Tasche dabei. Der Inhalt ist überschaubar: ein Strumpfband und Schminkzeug." Sifkovits zog sich Handschuhe an und inspizierte die Gegenstände.

„Kein Handy."

„Was?" Der Doktor verstand nicht.

„Es ist kein Handy in der Tasche. Welcher junge Mensch geht heutzutage ohne Handy aus dem Haus, noch dazu bei der eigenen Hochzeit?"

Der Gerichtsmediziner zuckte mit den Schultern und deutete auf einige uniformierte Kollegen, die anscheinend weitere Informationen hatten.

Sifkovits bedankte sich, zog seine Handschuhe aus und schritt auf die Uniformierten zu.

„Guten Tag, die Herrschaften. Könnten Sie mir einen Gefallen tun?", sagte Sifkovits zu einem der Uniformierten.

„Gerne, Herr Inspektor", entgegnete der Kollege freundlich.

„Würden Sie mir heißes Wasser besorgen und Honig?" Der junge Polizist wusste nicht genau, was er mit diesem Auftrag anfangen sollte, also war ein leicht fragendes Ja seine Antwort.

„Ich kann so besser denken, den Tee habe ich selber mit. Vielen Dank."

Der Beamte blickte in die Runde der Älteren, die ihm mit einem ebenso fragenden Nicken klarmachten, dass er es einfach tun solle. Sifkovits wandte sich an einen der Beamten.

„Was wissen wir über die Tote?"

Der Beamte holte ein iPad Mini aus seiner Tasche, was bei Sifkovits auf große Verwunderung stieß.

„Ah, Sie machen das mit dem iPad?"

„Ja klar, Herr Inspektor, wir leben ja nicht mehr in der Steinzeit."

Sifkovits kramte sein Notizbuch hervor und wedelte damit in der Luft.

„Ich nehme lieber das! Das geht auch ohne Akku."

Der Beamte mit dem iPad fühlte sich in seiner Steinzeit-Theorie absolut bestätigt. Er scrollte nach oben und begann zu lesen.

„Also, die Tote heißt Anna Jusic, 27 Jahre alt, kroatische Staatsbürgerin. Flüchtete anscheinend als Kind während des

Jugoslawienkrieges nach Österreich. Über ihre Familie oder Verwandte hier ist derzeit noch nichts bekannt. Wir haben schon die zuständigen Kollegen vor Ort informiert.

Seit fast einem Jahr lebte sie in Stinatz, zusammen mit ihrem Bräutigam Robert Kirisits, wohnhaft in der Brunnengasse 37. Ihr Schwiegervater ist Richard Kirisits …" Sifkovits unterbrach den Kollegen.

„Der Vorstand von der Landesbank?"

„Sie kennen ihn?"

„Ja, sogar persönlich."

Der junge Polizist kam mit einem Becher und einer kleinen Schale Honig zurück.

„Hier. Ihr heißes Wasser, Herr Inspektor."

„Vielen Dank."

Sifkovits zog einen Teebeutel aus seiner Westentasche und tränkte ihn im heißen Wasser.

„Weiter", forderte er den Beamten mit dem iPad auf.

„Ja, die Tote wurde am Samstag gegen 22.30 Uhr von ihrer Hochzeit im Zuge einer Brautentführung aus Stinatz quasi gekidnapped und sollte gegen 23.00 Uhr in einem Wirtshaus auf der steirischen Seite wiedergefunden werden. Danach wäre geplant gewesen, dass die Braut und ihre Begleiter zurück nach Stinatz fahren. Als sie nicht auftauchte, wurde sie gegen 1.00 Uhr früh als vermisst gemeldet. Die Suche konzentrierte sich vorerst auf die steirische Seite, erfolglos, bis dieser Mann gegen 7.10 Uhr mit seinem Mähdrescher die tote Frau überfuhr."

Der Beamte zeigte auf einen Mann, der zitternd und Kette rauchend im Hintergrund auf der Rückbank eines VW-Busses saß.

„Wollen Sie den Fahrer befragen?"

„Nein. Schicken Sie ihn nach Hause", sagte Sifkovits, während er den Beutel aus dem Becher nahm und den Honig nachgoss.

„Charly! Du kannst gehen", rief einer der Beamten in Richtung VW-Bus. Der ansonsten so wortgewaltige Landwirt stieg schweigend aus dem Bus. Vielleicht wusste Charly Pieber, wie sich sein Bruder oft fühlen musste, denn auch er hatte nun eine eingenässte Hose.

„Bitte überprüfen Sie, ob die Tote ein Handy hatte, und wenn ja, ob wir es orten können. Wahrscheinlich hat es der Täter oder die Täter mitgenommen. Wenn wir Glück haben, ist es noch in seinem oder ihrem Besitz."

Der Beamte versuchte, die Anweisung in sein iPad zu tippen, scheiterte aber daran.

„Ich hab's noch nicht so lange und im Stehen ist es echt schwer, zu tippen", versuchte er seine Ungeschicktheit zu rechtfertigen. Sifkovits dachte an sein Notizbuch, was ihm ein kleines Siegerlächeln auf die Lippen zauberte.

Auf Sifkovits' Frage, wo die Braut zuletzt lebend gesehen worden sei, bekam er die Antwort: „Im Wirtshaus zum Goldenen Hirschen."

5.

Der Lafnitz-Fluss ist eine natürliche Grenze, die die beiden Bundesländer Steiermark und Burgenland trennt. Vom Tatort waren es etwa 13 Minuten mit dem Auto bis zu besagtem Wirtshaus im steirischen Unterlimbach.

Mikovits polierte wie immer seine Gläser, als er draußen am Parkplatz laute Quietschgeräusche vernahm.

Als der Mann mit der Strickjacke die Gaststube betrat, wurde er von Mikovits mit den Worten „Servas, Schiffi!" begrüßt.

„Magst an Tee?", fragte der Wirt.

„Nur heißes Wasser und ein bisserl Honig, meinen Tee hab ich selber dabei", bekam Mikovits als Antwort.

Mikovits war so wie Sifkovits ein Burgenlandkroate und auch in seiner Familie wurde Kroatisch gesprochen. Er zog in die Steiermark und übernahm gemeinsam mit seiner Frau vor vielen Jahren den Hirschen und die beiden machten daraus eines der beliebtesten Speiselokale im Lafnitztal.

„Schön habt ihr das hergerichtet. Ich sollte öfter herkommen."

„Dein Spruch ist älter als die Bibel, Schiffi." Mikovits reichte ihm das Wasser. Während Sifkovits dabei war, seinen Beutel im heißen Wasser zu versenken, griff der Wirt zu einer Flasche Fernet Branca.

„Ich hab's leider mit dem Magen", versuchte er seinen frühen Alkoholkonsum zu rechtfertigen.

„Koste einmal meinen Tee, der beruhigt den Magen auch", versuchte Sifkovits ihn zu überzeugen. Ein kurzes Riechen an der Tasse ließ Mikovits die Entscheidung treffen, dass er doch lieber beim Fernet Branca blieb.

„Wie geht's deiner Frau, Schiffi?"

„Ganz gut. Sie arbeitet gerade in Kenia mit ‚Ärzte ohne Grenzen'. Am Ende des Monats kommt sie zurück."

Sifkovits nahm den Beutel aus der Tasse und legte ihn auf einen Bierdeckel.

„Und deiner?"

„Ich glaube, seit sie von mir geschieden ist, ganz gut!" „Oh, das wusste ich nicht. Tut mir leid. Ist aber noch nicht so lange her, oder?"

„Nein. Acht Jahre", antwortete der Wirt mit zynischem Unterton.

Sifkovits blickte in seine Tasse. Er konnte gut nachvollziehen, dass ein gemeinsames Leben in einem kleinen Dorf, in dem man noch dazu einen gemeinsamen Betrieb führte, sehr hart sein konnte.

„Und was macht sie jetzt?", bohrte er nach.

„Ich weiß es nicht. Seit die Kinder volljährig sind, haben wir nicht mehr so viel Kontakt."

Mikovits ließ einen weiteren Schluck des schwarzen Getränks in das Glas einlaufen.

„Vielleicht hat's auch damit zu tun?" Sifkovits deutete auf die Fernet-Branca-Flasche.

„Mag sein. Aber was soll man sonst machen? Ein paar Freuden braucht der Mensch im Leben. Man gießt es sich in den Körper und es vergeht die Zeit." Erneut wurde das Glas durchsichtig.

Das Wirtshaus war um diese Zeit noch nicht sehr gut besucht. Außer zwei alten Herren, die am Stammtisch saßen und Rotwein tranken, war niemand zu sehen. In einer Stunde würde der Koch kommen, um alles für das Mittagsgeschäft vorzubereiten. Die Mittagsmenüs funktionierten sehr gut in dieser Gegend. Das Publikum war eine bunte Mischung aus Steuerberatern, Ärzten, Handwerkern, Frisören und Typen wie dem Charly Pieber. Selten gab es hier beim Wirten Ärger, und wenn doch, dann griff der Chef persönlich ein, was den Stunk sofort im Keim erstickte.

„Schreckliche Sache, die da vorgefallen ist!"

„Du weißt es schon?", zeigte sich Sifkovits erstaunt.

„Schiffi, in Dörfern wie diesem wissen wir über Verbrechen Bescheid, bevor sie noch überhaupt passiert sind." Sifkovits nickte zustimmend, auch war ein wissendes Lächeln in den Gesichtern der beiden Herren zu beobachten.

„Kannst du mir irgendwas darüber erzählen, was da am Samstag vorgefallen ist?"

„Nicht viel. Ich weiß, dass die in Stinatz Hochzeit gefeiert haben, dann wurde die Braut entführt und kam wie ausgemacht zu uns ins Wirtshaus. Mit einer großen Gruppe, die sichtlich in guter Stimmung war. Aber weißt eh, es war viel zu tun, das Lokal war voll. Ich hab nicht auf alles und jeden geachtet. Mir ist nichts Verdächtiges aufgefallen. Anscheinend ist die Braut nach draußen aufs Klo gegangen und kam nicht mehr zurück. Mehr kann ich dir nicht sagen."

Sifkovits glaubte den Worten des Wirtes. Natürlich hatte er sein Geschäft im Auge und nicht das Wohlbefinden einer Braut, die er nicht einmal gut kannte.

„Und als die Braut nicht mehr zurückkam, habt ihr die Polizei gerufen?", fragte der Kommissar etwas naiv.

„Nein. Wir haben zuerst in Stinatz angerufen, weil wir dachten, vielleicht ist es ein Scherz der Braut oder von einem der Gesellschaft. Nach etwa einer halben Stunde ist die Partie dann zurück nach Stinatz gefahren. Was die dort dann gemacht haben, weiß ich nicht."

„Verstehe. Ich schau mich einmal draußen um.“

Sifkovits ging in Richtung Ausgangstüre. Der Wirt fragte ihn, ob er noch zum Essen bleibe. Dies verneinte er, da er in Stinatz bei seiner Mutter essen wolle. Er habe sie schon angerufen und sich einen Erdäpfelstrudel gewünscht. Das war Sifkovits’ absolute Lieblingsspeise.

Der Innenhof zeigte sich nach wie vor in einem unaufgeräumten Zustand. Sifkovits musterte den Hof, kniete sich zum Kanal, streifte durch das Holzlager, erblickte den unaufgerollten Schlauch, bis er schließlich die chaotisch geordnete Werkbank untersuchte. Dann kritzelte er kurze Notizen in sein absturzsicheres Büchlein.

Er war sich ziemlich sicher, dass die Braut hier ermordet worden war, denn der Innenhof bot eine Sicht nach allen Seiten, sowohl auf die Ausgangstür zum Hof als auch auf den Eingang zu den Toiletten. Außerdem wäre das Holzlager eine gute Möglichkeit, sich zu verstecken und notfalls durch die Hintertür zu flüchten. Dass jemand durch diese in den Innenhof kam, hielt er für eher unwahrscheinlich. Das einzige Fenster im Innenhof war das zur Küche. Es bestand aus blickdichtem Milchglas, was ebenfalls ein Vorteil für den Täter wäre. Sifkovits wählte die Nummer der Spurensicherung, um den Mitarbeitern den Auftrag zu erteilen, den Innenhof zu inspizieren. Dass man noch wirklich brauchbare Spuren finden würde, glaubte er zwar nicht, da der Hof mehrmals täglich von vielen Menschen frequentiert wurde, aber oftmals steckte der Teufel im Detail.

Sifkovits kratzte sich unter seiner Kappe, eine Geste die er gerne machte, wenn er über etwas nachdachte, als er plötzlich hinter sich eine Stimme hörte.

„Was machst du da?“

Sifkovits drehte sich um. Vor ihm stand ein großer Mann, Mitte dreißig, der ein viel zu enges „Paw Patrol“-T-Shirt anhatte.

„Nix. Ich schau nur“, gab er dem Mann als Antwort. „Hallo, ich bin der Sifkovits. Wer bist du?“ Er streckte dem jüngeren Mann seine Hand entgegen.

„Ich bin der Peter.“

„Freut mich. Ich sehe, du bist ein ‚Paw Patrol‘-Fan.“

„Ja, die sind super.“

Peter lachte und etwas Speichel rann ihm aus dem Mund. „Kennst du ‚Paw Patrol‘?“, fragte er den Ermittler. Sifkovits wusste sofort, was Sache war.

„Nein, nicht wirklich. Das ist eine Kinderserie, oder? Ich habe leider keine Kinder.“

Peters Miene verfinsterte sich.

„Das ist keine Kinderserie. Das ist eine Kriminalserie. Die müssen immer Fälle lösen. Aber es sind keine Menschen, es sind Hunde.“

Sifkovits kam einige Schritte auf Peter zu.

„Ich verstehe. Ich bin auch von der Polizei.“ Er suchte nach seinem Ausweis, hatte ihn aber im Auto vergessen.

„Musst du auch Fälle lösen?“, wurde er von Peter gefragt.

„Ja, leider.“

„Warum hast du keine Marke? Die ‚Paw Patrol's‘-Hunde haben ihre Marken um den Hals.“

„Das sollte ich mir auch mal überlegen. Du kennst dich ja richtig gut aus.“

Peter lachte erneut. Er war ihm anzumerken, dass er sich in der Gegenwart des Inspektors wohlfühlte.

„Bist du auch so gut wie die ‚Paw Patrol‘-Hunde?“, wollte Peter weiter wissen.

„Nein, das glaube ich nicht, die können ja viel schneller laufen als ich."

Peter kam ganz nahe an Sifkovits heran, legte seine Hand vertrauensvoll um dessen Schulter und flüsterte ihm ganz leise ins Ohr:

„Ich muss dir ein Geheimnis verraten. Aber niemandem sagen. Die ‚Paw Patrol' gibt es gar nicht wirklich. Das ist nur eine Zeichentrickserie."

Danach nahm er seine Hand von Sifkovits' Schulter, blickte ihm tief in die Augen und legte seinen Zeigefinger senkrecht auf den Mund. Sifkovits gab Peter mit einem Blick zu verstehen, dass er niemandem ihr Geheimnis verraten würde.

„Peter, darf ich dich jetzt einmal was fragen?"

Sifkovits hielt den geheimnisvollen Ton in der Stimme aufrecht. Als Peter nickte, fragte er ihn, was er hier machen würde.

„Ich arbeite hier in der Küche. Aber bald werde ich Bauer."

Stolz erfüllte seine Stimme, seine Augen begannen zu funkeln.

„Bauer ist ein toller Beruf. Aber weißt du was ein Hilfssheriff ist?"

Der jüngere Mann schüttelte heftig seinen Kopf.

„Ein Hilfssheriff hilft dem Sheriff, einen Fall zu lösen. Das ist fast so cool wie ein ‚Paw Patrol', aber – und das ist jetzt mein Geheimnis – den Hilfssheriff gibt es wirklich. Magst du mein Hilfssheriff sein?", fragte Sifkovits.

„Was muss man da tun?"

„Du musst nur eine Frage beantworten."

Peter begann vor Freude zu springen. Er fühlte sich plötzlich wichtig und wertvoll.

„Ja. Frage beantworten", stieß er immer wieder hervor.

„Hast du Samstag am Abend hier gearbeitet, Peter?"

Peter verschränkte seine Hände wie ein trotziges Kind. Offensichtlich konzentrierte er sich, es wollte ihm aber nicht einfallen.

„Wann war Samstag?", gab er mit enttäuschter Stimme als Antwort.

Sifkovits dachte an seine kleine vierjährige Nichte, die die Wochentage auch nicht ordnen konnte. Immer wenn die kleine Elisabeth am Montag auf etwas wartete, das erst am Samstag eintraf, spielten sie das „Wie-oft-muss-ich-noch-schlafen"-Spiel. Natürlich kannte die kleine Elisabeth die Zahlen auch noch nicht so gut, es war für sie aber konkreter als die Wochentage.

„Du hast zwei Mal geschlafen, bis es heute war, Peter. Da war Samstag."

Peter nahm seine Hände aus der Verschränkung und begann unkontrolliert hin und her zu wippen.

„Wir haben was mit Zwiebeln gekocht. Da muss man immer weinen, wenn man sie schneidet."

„Hast du die Zwiebeln geschnitten, Peter?", fragte er nach.

„Ja, aber ich hab den Finger erwischt."

Er zeigte Sifkovits einen kleinen Schnitt am Zeigefinger. „Da waren viele Leute, aber dann bin ich schlafen gegangen."

„Und da, wo wir jetzt stehen, hast du da zufällig auch Leute gesehen?"

„Nein. Dort, wo beim Fenster in der Küche die Luft reinkommt, da kann man rausschauen. Aber nur, wenn der Spalt offen ist. Die mögen aber nicht, dass man es aufmacht, weil es sonst im Hof stinkt."

Sifkovits hakte weiter nach.

„Du bist ein ganz toller Hilfssheriff. Hast du einmal so gemacht, dass der Spalt offen war? Hast du auch etwas gesehen und gehört?"

Peter begann, wie vor wenigen Tagen, als er seinem Bruder alles gestand, seinen Kopf zu senken. Sifkovits bemerkte, dass der jüngere Mann gleich in Tränen ausbrechen würde. Er versuchte ihn zu beruhigen.

„Du musst keine Angst haben!"

„Das hat der Mann mit dem Pferdefuß auch gesagt."

Dann begann Peter zu weinen. Sifkovits wurde klar, dass er zu weit gegangen war. Er nahm Peter in den Arm und versuchte ihn zu besänftigen. Er spürte, wie sich Peters Arme immer fester um seinen Körper schlangen. Eine Masse aus Speichel und Rotz klebte im Schulterbereich an seiner grauen Weste.

„Alles gut, Peter. Ich gehe jetzt und lasse dich in Ruhe. Du wirst sicher ein großartiger Bauer werden. Danke für deine Hilfe."

Sifkovits versuchte, sich aus der Umklammerung zu lösen, aber Peter ließ es nicht zu. Er blickte Sifkovits in die Augen.

„Nur kurz. Nur kurz war es offen. Weil ich Luft haben wollte. Bitte verrate mich nicht."

„Natürlich nicht, auch das ist unser Geheimnis."

Langsam kam Peter zur Ruhe und lockerte seinen Griff.

„Da draußen war etwas Weißes. Ich weiß nicht, was es war. Ich sah es nur ganz kurz. Es ist vorbeigehuscht."

„Weißt du, was das gewesen sein könnte?"

„Nein, aber es konnte reden."

Sifkovits vermutete, dass Peter die ermordete Anna Jusic in ihrem weißen Brautkleid durch den kleinen Spalt des Fensters erblickt hatte. Wahrscheinlich war es auch Peter, der die Braut, abgesehen vom Täter, zum letzten Mal lebend gesehen hatte, wenn auch nur kurz.

„Was hat das Weiße gesagt, Peter? Kannst du dich vielleicht daran erinnern?"

„Fast nix, ich musste gleich wieder zumachen, sonst hätten sie mit mir geschimpft."

Sifkovits wurde klar, dass er Peter jetzt auf keinen Fall unter Druck setzen durfte.

„Macht nichts. Ich komme einfach wieder einmal vorbei, vielleicht ist es dir bis dahin eingefallen."

Peter nickte und gab zu verstehen, dass er nun in die Küche gehen musste.

Sifkovits verweilte noch einige Zeit im Innenhof.

„Und? Irgendwas entdeckt?", fragte Mikovits seinen alten Bekannten, der gerade dabei war, den letzten Schluck seines kalten Tees zu schlürfen.

„Hör zu Miko. Es werden jetzt bald ein paar Leute mit weißen Overalls zu dir ins Lokal kommen. Aber es braucht dich nicht zu beunruhigen. Sie werden deinen Innenhof untersuchen. Danach sind sie gleich wieder weg. Bitte lass sie ihre Arbeit machen, greif derweil draußen nichts an und gib diese Information auch an deine Gäste weiter, ok?"

Mikovits war mit dem eben Gehörten gar nicht zufrieden.

„Heißt das, die machen dann in meinem Innenhof einen Saustall, oder wie?"

„Glaubst du wirklich, das würde da draußen auffallen?" Mikovits musste sich eingestehen, dass Sifkovits mit seiner Frage recht hatte.

„Werde ich jetzt verdächtigt? Ich war die ganze Zeit hier in der Gaststube, meine Mitarbeiter können das bezeugen!"

In Mikovits' Gesicht lag eine Mischung aus Zorn und Angst, aber so ging es den meisten Menschen, wenn sie in einen Mordfall involviert wurden.

„Was hättest du für ein Motiv?", fragte der Ermittler den Wirten, der nur ein Achselzucken als Antwort gab.

„Eben! Beruhig dich, putz deine Gläser und schenk dir noch einen Fernet ein. Wenn du kooperierst, ist in ein paar Tagen sicher alles vorbei."

„Und wenn nicht?!", polterte Mikovits ihm entgegen.

„Dann komm ich wieder. Danke für den Honig und das Wasser. Pfiat di."

Sifkovits hatte die Schnalle der Ausgangstüre bereits in seiner rechten Hand, als ein wild aufgebrachter Peter aus der Küche stürmte und immer wieder brüllte: „Monika Maier. Monika Maier …"

Was Mikovits in dem Moment überhaupt nicht verstehen konnte, war für Sifkovits umso klarer. Peter hatte sich doch an etwas erinnert …

„Peter, hab ich gesagt, dass du ein Hilfssheriff bist? Nein! Du bist der Sheriff. Danke."

Dann legte Sifkovits seinen Zeigefinger senkrecht auf seine Lippen. Peter wusste sofort, was er meinte. Es war ihr Geheimnis.

Kurze Zeit später quietsche ein grüner Peugeot 206 von Unterlimbach in Richtung Stinatz.

6.

Barbara Sifkovits, genannt Baba, zog sich feste Küchenhandschuhe an, um sich nicht die Finger am Backrohr ihres in die Jahre gekommenen Tischherdes zu verbrennen. Sie zog ein duftendes Blech Erdäpfelstrudel heraus, das sie prominent auf einen Korkuntersetzer auf dem Küchentisch platzierte, der über dem Tischtuch zusätzlich mit einem Plastik geschützt wurde.

Ihr Haus war nicht sonderlich groß. Es bestand aus drei Räumen plus Küche und Badezimmer, die der Reihe nach angeordnet waren. Ging man durch die Eingangstüre, stand man direkt in der Küche. Nach links, auf der Seite der Hauptstraße, kam man ins Wohnzimmer, nach rechts ging es durch Schlafzimmer und Badezimmer bis zum Kinderzimmer. Das ganze Haus wurde mit Öfen beheizt. Das Badezimmer war der einzige Raum, in dem es keinen Ofen gab, dementsprechend kalt war es im Winter dort immer. Man solle einfach vorher die Tür zum Schlafzimmer offen lassen, sagte Baba gerne, dann reiche das schon zum Baden. Beim Klogehen bot sie diese Möglichkeit nie an. Das Kinderzimmer, in dem schon lange keine Kinder mehr wohnten, diente eher als Lager für Nahrungsmittel, da sich die Speisekammer außerhalb in einem separaten Zimmer befand.

Babas Haus war ein klassisches Bauernhaus auf der Hauptstraße, wie es in Stinatz ganz viele gibt. Ehrlicherweise hätte es zumindest ein kleines Service notwendig. Bloß auf dem Dach strahlten feuerrote Ziegel, die sehr neu wirkten.

Durch ein großes Holztor gelangte man von der Hauptstraße aus in den Innenhof. Links die Tür zur Speisekammer, danach gleich der Abgang in den Erdkeller. Sobald man den überdachten Eingangsbereich verließ, musste man auf der linken Seite zwei kleine Stiegen nach oben steigen, um zur eigentlichen Eingangstür zu gelangen. Arkaden, an denen der Zahn der Zeit sichtlich eine Freude hatte, führten vom Eingangsbereich bis ans Ende des betonierten Hofes. Dort befand sich eine weitere Tür, durch die man ins Kinderzimmer gelangte. Sie wurde später eingebaut, als die Kinder schon größer waren, damit sie nach feuchtfröhlichen Nächten nicht durch das Schlafzimmer der Eltern mussten. Die Kinder hatten dafür einen eigenen Schlüssel. Nichtsdestotrotz wachte Baba jedes Mal auf, wenn sich ihre Kinder in das Zimmer schlichen, und fragte sie, ob sie noch was essen wollten.

Natürlich diente dieses Angebot auch als ein kleines Ablenkungsmanöver. Wenn die Kinder zustimmten, wurden sie bis zum Schlafgehen mit Fragen gelöchert. Wo sie gewesen seien, wer aller dabei gewesen sei und ob sie eh nicht geraucht hätten. Manchmal interessierte sich Baba auch für die Kleidung und das Aussehen einiger Dorfbewohner. Meist gaben die Kinder darauf keine Antwort. Es war auch nicht zwingend notwendig, denn Baba gab sich die Antworten selbst. „Die Trixi hat sicher wieder zu viel Lippenstift aufgetragen!?" „Der Manfred hat sicher wieder nur Gin Tonic getrunken!?" „Die Heike hat einen neuen Mann, oder!?" „Der Fredi ist sicher noch mit dem Auto gefahren!?" „Hat die Andrea wieder geschmust!?" „Der Andi hat sicher wieder gerauft!?" usw. Als Außenstehender konnte man den Eindruck gewinnen, die Baba sei eine sogenannte „Tratschn". „Stimmt, aber die anderen ‚Weiber' (wie sie die anderen Frauen im Dorf bezeichnete) tratschen noch viel mehr als ich", wehrte sie sich dann immer gegen solche Vorwürfe.

Stinatz selbst war ein typisches Straßendorf, in dem sich das Leben, vor allem in den Sommermonaten, draußen auf der Straße abspielte. Unter der Woche war es eher ruhig, weil viele auswärts, meist in Wien, arbeiteten, aber am Wochenende erwachte das Dorf aus seinem Schlaf. Die fünf Wirtshäuser – was für ein Dorf mit knapp 1300 Einwohnern gar nicht wenig war – wurden am Wochenende gerne von den Einheimischen besucht. In mindestens vier davon stand über dem Herrgottswinkel ein Fernseher, der die ganze Nacht hindurch flimmerte. Das war auch schon in den 50er-Jahren so. Fast hätte man meinen können, dass in Stinatz die Zeit stehen geblieben sei. Einzig die Tatsache, dass mindestens drei davon LED-Fernseher waren, ließ diese Theorie etwas wackelig daherkommen. Auch fuhren die jungen Leute am Wochenende lieber in die umliegenden Diskotheken, als mit den „Alten" im Wirtshaus zu hocken – aber einige Dinge änderten sich nie: In Stinatz bestellte man sich eine Mischung, keinen Spritzer; Bacardi Cola war noch immer ein In-Getränk; und über 60 Prozent bekannten sich nach wie vor zur kroatischen Volksgruppe und sprachen auch im Alltag Kroatisch. Bei den älteren Mitbürgern kam noch hinzu, dass sie ihr Fahrzeug und die Haustüre grundsätzlich nicht absperrten. In den meisten Autos wurde auch der Zündschlüssel nicht abgezogen.

Der Ort ist durch zahlreiche Künstler bekannt. Man denke da nur an die Resetarits-Brüder, die aus Stinatz stammen, oder an den einen Kabarettisten, der sich seit Jahren für ein Freibad ebendort einsetzt. Im Übrigen gibt es in Stinatz auch weit mehr Rolling-Stones- als Beatles-Fans.

Lukas Resetarits hat einmal über den Ort gesagt, dass er

nicht wisse, warum eine derartige Energie von ihm ausgehe, wahrscheinlich gebe es irgendwo eine Wasserader.

Als Inspektor Sifkovits die Küche betrat, war seine Mutter gerade dabei, den Strudel in tellergroße Stücke zu schneiden. Sie blickte gar nicht zu ihm auf, als sie zwei Stücke auf einen Teller hievte, auf dem eine bäuerliche Szene zu sehen war.

„Erst muss jemand sterben, damit du wieder einmal kommst", sagte sie zu ihm auf Kroatisch.

„Geh Mama, ich war ja eh erst da. Zu Weihnachten", antwortete er auf Kroatisch. „Das ist auch schon wieder ein halbes Jahr her. Wahnsinn, wie die Zeit vergeht."

Sifkovits setzte sich an den Tisch.

„Herrlich schaut der Strudel aus!" Er nahm ein Stück in die Hand und verbrannte sich seine Finger.

„Boah, der ist heiß."

„Na, was glaubst du? Der ist ganz frisch. Nimm dir ein Besteck."

Mütter bleiben immer Mütter.

„Kocht dir die Carina nie so was?"

In dieser Frage lag eine gehörige Portion Vorwurf.

„Nein, die hat keine Zeit. Die ist gerade in Kenia."

Man hörte, dass es Sifkovits schmeckte.

„Ach so, dieses Ärzte-Ding, die soll lieber hier praktizieren. Die Landärzte sterben uns alle weg."

Sie hielt ihm eine Zeitung mit der Titelzeile „Wenn der Landarzt nicht mehr kommt" entgegen. In der Kopfzeile dieser Zeitung prangte eine Krone.

„Geh Mama, sie macht dort wichtige Arbeit."

Sifkovits versuchte, das Gespräch in eine andere Bahn zu lenken.

„Toll ist das Dach geworden.

„Ist es auch. Der Freco hat das super gemacht. Der wird sich sehr freuen, wenn du wieder einmal da bist."

Eigentlich hatte Sifkovits vorgehabt, sich um das Dach zu kümmern, hatte es aber wieder einmal nicht hinbekommen.

„Den David musst du auch besuchen. Der hat als Pfarrer so viel zu tun. Drei Pfarren muss er betreuen, dann noch die ganzen Begräbnisse, im Sommer sterben ja die Alten wie die Fliegen. Deine Schwester freut sich sicher auch, wenn du sie besuchst. Jetzt nimm dir noch ein Stück oder schmeckts dir vielleicht nicht?"

Sifkovits musste den Redeschwall seiner Mutter etwas einbremsen.

„Ist schon gut, Mama. Ich bin nicht zum Vergnügen da. Ich muss ermitteln."

Sifkovits nahm sich noch ein Stück von dem großen Blech.

„Die Anna war so ein liebes Mädel. Fleißig. Jeden Sonntag war sie in der Frühmesse. Es war so eine schöne Trauung. Richtig festlich und der David hat wunderbare Worte gefunden. Dass so was Furchtbares passieren muss in unserem Ort."

„Na ja, ermordet wurde sie wahrscheinlich in Stegersbach." Baba zeigte sich davon äußerst unbeeindruckt.

„Am Tag der Hochzeit, kannst du dir was Schlimmeres vorstellen?"

Sie setzte sich zu ihrem Sohn an den Tisch.

„Warst du am Grab vom Papa?"

Sifkovits tat so, als hätte er die Frage nicht gehört.

„Also nicht."

„Ich gehe noch. Versprochen. Ich muss zuerst noch ein paar Zeugen befragen."

„Wen willst denn jetzt befragen?"

„Die Familie, den Witwer ... "

Baba schüttelte ungläubig den Kopf und fiel ihm ins Wort.

„Heute?! Das kannst nicht machen. Die Anna ist noch nicht einmal unter der Erde und du willst schon mit den Hinterbliebenen sprechen. Glaubst nicht, dass die einmal in Ruhe trauern sollten?"

„Mama, ich mach das ja nicht aus einer Boshaftigkeit heraus, sondern weil ich schnell den Mörder finden möchte. Dazu muss ich mit ihnen reden. Weißt du, wer aller bei der Brautentführung dabei gewesen ist?"

Sie zählte ihm vier Namen auf, worauf ihr Sohn versicherte, dass er zunächst einmal diese befragen werde und die Hinterbliebenen erst morgen. Damit gab sich Baba zufrieden.

Der Strudel war mittlerweile schon abgekühlt, was Frau Sifkovits dazu veranlasste, ein kleines Randstück abzubrechen. An diesem konnte man deutlich erkennen, dass es sich bei dem Gericht nicht um eine Low-Fat-Kost handelte. Sie schob sich das Stück mit den öligen Fingern in den Mund.

„Und? Hast schon einen Verdacht?"

„Mama, ich habe ja gerade erst angefangen. So was geht nicht von heute auf morgen."

Baba stand auf und packte einige Strudelstücke in eine Plastikbox.

„Hoffentlich war's keiner aus dem Ort, sonst sind wir die Nächsten auf der Titelseite."

Dann ging sie mit der Plastikbox nach draußen.

„Wo gehst denn hin?", rief Sifkovits ihr nach.

„Raus aufs Bankerl, zu den anderen. Iss fertig und komm nach."

Sifkovits wusste, was das bedeutete. Er ließ sich beim Essen besonders lange Zeit, damit das Sättigungsgefühl nicht zu früh einsetzte.

Die Sonne stand so, dass die eine Seite der Stinatzer Hauptstraße in einen angenehmen Schatten getaucht war. Gegenüber von Babas Haus saßen drei ältere Damen auf einer blauen Holzbank vor einem Haus, das ganz ähnlich wie das von Baba aussah. Baba Sifkovits saß in der Mitte, rechts von ihr die Resetarits Hilda – schon etwas über den 80iger –, links von ihr die Grandits Resl, die jüngste und dickste der Golden Girls. Gleich rechts daneben befand sich eine kleine Greißlerei, vor welcher der Besitzer, der Maikits Franz, mit stoischer Ruhe den Gehsteig kehrte. Franz hatte die Greißlerei von seinen Eltern übernommen. Sifkovits und er waren in dieselbe Schule gegangen und kannten sich von klein auf.

Diese drei Damen wussten, unter kräftiger Mithilfe des Greißlers, so viel über alles und jeden wie Facebook, Google und Amazon zusammen. Wollte man ein Gerücht verbreiten, gab es nur eine Adresse im Ort. Die Damen verband nicht nur ihr Talent, leidenschaftliche Geschichten zu erzählen, sondern auch der Umstand, dass alle drei verwitwet waren. Sie waren oftmals in Schwarz gekleidet und trugen dazu ein schwarzes Kopftuch. Sie wurden daher von vielen Einheimischen liebevoll als die „Kopftuchmafia" bezeichnet. Maikits war so etwas wie der Consigliere der alten Damen.

Als Sifkovits durch die große Holztür auf die Straße trat, wurde er von den Damen schon sehnsüchtig erwartet. Maikits deutete ihm, die Straßenseite zu wechseln, um zur Gruppe aufzuschließen. Was konnte er schon tun? Es war Part of the Game, den Anweisungen der Mafia zu folgen. Außerdem dachte Sifkovits, dass ihm die alten Damen möglicherweise auch behilflich sein könnten.

Maikits umarmte ihn stürmisch. Er drückte ihn so fest an sich, dass er für einen kurzen Moment dachte, Peter aus Unterlimbach stehe vor ihm.

„Gut schaust aus, mein Freund! Und das nächste Mal kommst bitte unter angenehmeren Umständen zu uns."

Maikits ließ keinen Zweifel daran, dass es sich hierbei um einen Befehl handelte. Kurz darauf schloss sich das restliche Begrüßungskomitee an. Frau Resetarits machte den Anfang.

„Servus, Griaß di. Jetzt warst lange nicht da. Wahrscheinlich war so viel zu tun bei der Polizei, gell. Jesus Maria, du bist ganz schön gewachsen."

Sifkovits wusste nicht, was er der alten Dame darauf antworten sollte, aber es war ohnehin nicht notwendig.

„Wie geht's deiner Frau? Ist sie immer noch mit Ärzten unterwegs? Wir bräuchten ja auch ein paar gute Ärzte, weißt eh, der alte Polzhofer hat leider Zucker bekommen und jetzt traut er sich nicht mehr zu ordinieren. Vielleicht redest einmal mit deiner Frau, ob sie nicht die Stelle übernehmen möchte. Ist sie wieder da unten im Sudan?"

Sofort hakte Frau Grandits ein.

„Geh Hilda, die ist doch nicht im Sudan, die ist in Nigeria!"

„In Kenia", verbesserte Sifkovits Frau Grandits.

„Ah ja, genau, in Kenia. Irgendwo da unten halt, wo es Krokodile gibt. Das klingt alles so gleich."

Sofort übernahm Frau Resetarits wieder das Kommando.

„Gell, so was Grausliches ist passiert. Die Anna war so ein fleißiger Mensch …"

Diesmal übernahm Maikits.

„Genau. Die war jeden Sonntag in der Frühmesse."

„Geh, woher willst du des wissen? Du warst dein Lebtag noch nicht in der Frühmesse", konterte Sifkovits' Mutter.

„So was krieg ich ja erzählt, von den Leuten."

Nun war wieder Frau Resetarits an der Reihe.

„Außerdem hat sie immer so viel gekocht für'n Robert, den Bräutigam. Mein Gott, dem wird's jetzt auch ganz dreckig gehen. Nur ein paar Stunden war er verheiratet und dann muss er so einen Schicksalsschlag erleiden."

„Da hat die Hilda recht", fiel Frau Grandits ein. „Mir hat der Robert das auch erzählt, direkt nach der Auferstehung bei der Ostermesse, dass sie immer so gut für ihn kocht. Er hat ja auch die letzten Monate stark zugenommen. Das war sicher wegen dem guten Essen."

Sifkovits' Kopf bewegte sich wie bei einem sehr schnellen Tischtennismatch.

„Sie kam ja irgendwo aus Kroatien, aus Zadar oder so, die haben dort eine gute Küche.", meinte Sifkovits' Mutter.

„Nein, das glaub ich nicht", konterte Frau Grandits. „Wenn sie Kroatisch geredet hat, klang es eher, als käme sie aus Bosnien."

„Das hat ja früher alles zusammengehört."

Mitten in die heftige Diskussion hinein stellte Frau Grandits Sifkovits eine Frage, die ihn kurz aus dem Tischtennismatch riss.

„Magst noch einen Strudel? Nimm dir noch. Deine Mama macht den besten Erdäpfelstrudel im ganzen Burgenland."

„Nein, danke. Ich habe schon so viel gegessen."

Ein Auto fuhr vorbei. Die Insassen wurden von allen freundlich gegrüßt. Anschließend waren sich alle Mafiamitglieder sicher, dass Georg, der Lenker des Fahrzeugs, seit einem Jahr irgendwas mit der Hüfte habe. Vermutlich, weil er zu viel Tennis spiele. Er lebe ja nur noch für den Sport, darunter würde nicht nur seine Frau leiden, sondern auch seine Kinder.

Maikits schlug sich mit der rechten Hand auf seinen linken Unterarm.

„Diese blöden Gelsen. Auf mich gehen sie besonders gerne."

„Ja, weilst so süß bist!"

Die Frauen lachten über Babas Bemerkung.

„Jedes Mal, wenn die Gelsen zum Maikits fliegen, schreien sie immer ganz laut: ‚Das Buffet ist eröffnet!'"

Wieder heiteres Gelächter. Frau Resetarits legte noch einen drauf.

„Und wenn der Maikits vorher beim Wirten war, haben's einen billigen Rausch auch gleich."

„Oder einen Zuckerschock, weil er trinkt ja nur Pfirsichspritzer."

Das hatte er schon als Jugendlicher gern getrunken, erinnerte sich Sifkovits, der ebenfalls mitlachen musste. Um sich nicht länger dem Gespött aussetzen zu müssen, lenkte Maikits das Gespräch in eine Richtung, die keinesfalls zum Lachen war.

„Ich glaube, der Bräutigam war's!"

Sofort verebbte die gute Stimmung.

„Was redest du da wieder für einen Blödsinn, Maikits?", schleuderte ihm Baba entgegen.

„Das ist kein Blödsinn. Der Robert hätte ein Motiv gehabt."

Sifkovits wurde hellhörig.

„Welches?“

„Die Anna hat sich hier, beim Richard – du kennst den Richard, Schiffi, den Vater vom Robert, den Vorstand von der Landesbank –, bei dem hat sie sich ins sichere Nest gesetzt, da ist Geld vorhanden, ein großes Haus. Und dann hat sie den Robert betrogen. Das Motiv ist Rache.“

Kurze Zeit herrschte absolute Stille ob der abstrusen Theorie von Maikits.

„Was? Und dann bringt er seine eigene Frau am Hochzeitstag um? Während sie entführt wurde? Er war ja die ganze Zeit im Pfarrhof.“

Sifkovits musste Frau Resetarits recht geben.

„Hilda, wie kannst du das wissen? Um diese Zeit warst du doch schon längst im Bett“, entgegnete Maikits.

„Der Bräutigam ist nie anwesend bei einer Entführung. Was hätte das für einen Sinn?“, bekam Maikits als Antwort.

Die Nachmittagssonne warf einen so langen Schatten, dass dieser fast über der gesamten Hauptstraße lag. Die Hitze war dennoch spürbar. Maikits holte eine kühle Flasche Bier aus seinem Laden und bot sie Sifkovits an. Dieser lehnte ab, fragte aber im Gegenzug, ob er heißes Wasser haben könne. Maikits habe leider keinen Wasserkocher, daher könne er ihm nur heißes Wasser direkt aus der Leitung anbieten. Der Inspektor gab sich mit kaltem Wasser zufrieden. Das Bier wurde von Frau Resetarits getrunken.

Sifkovits bedankte sich für die vielen Informationen. Er werde einmal die Brautentführer aufsuchen, um Näheres über den Verlauf des Abends zu erfahren. Die leicht angeheiterte Frau Resetarits versicherte dem Inspektor, dass sie immer für ihn da wären, wenn er Hilfe brauche. Sifkovits wusste ihr Angebot zu schätzen. Er verabschiedete sich und ging

Richtung Norden. Er wusste, wohin er musste. Nach etwa 30 Metern kehrte er nochmals um.

„Eine Frage habe ich vergessen: Sagt euch der Name Monika Maier etwas?" Kollektives Kopfschütteln.

„Aber das werden wir schon noch rausfinden", sagte eine schon mehr als angeheiterte Frau Resetarits.

Als Sifkovits hinter den Häusern verschwunden war, unterbrach Baba die nachdenkliche Stille.

„Und was, wenn der Richard sie umgebracht hat? Erinnert euch, er hat die Anna nie akzeptiert. Er wollte immer was Besseres für seinen Sohn und vor allem für sich. Wenn du als Vorstand der Landesbank und als Chef des Jägerverbands eine Putzfrau, noch dazu nicht aus Österreich, zur Schwiegertochter bekommst, wirft das vielleicht kein gutes Licht auf dich. Besonders in diesen Kreisen."

Die Gruppe dachte kurz über Babas Theorie nach, außer Frau Resetarits, die war mittlerweile eingeschlafen.

„Aber bringt man sie deswegen gleich um?", stellte Frau Grandits eine berechtigte Frage.

„Vielleicht ist sie auf irgendetwas draufgekommen, was dem Richard seine Geschäfte betrifft."

„Baba, meinst du die Beziehungen zum Dr. Farkas?"

Baba nickte.

„Ja, das könnte sein", fügte Frau Grandits noch hinzu.

Genau dieser Dr. Farkas stand schon einmal wegen Veruntreuung vor Gericht, wurde aber damals freigesprochen.

„Wie siehst du das, Hilda?"

Baba gab der schlummernden Dame einen leichten Stoß. Sie öffnete sofort die Augen.

„Ja. Genauso!"

Dann schlief sie sofort wieder ein.

Die Befragung der an der Brautentführung Beteiligten brachte leider keine wirklich neuen Erkenntnisse. Sie bestätige lediglich Sifkovits' Annahme, dass die Braut ein Handy besaß, das sie auch an jenem Abend dabei hatte. Sie seien kurz nach halb elf beim Hirschen eingetroffen, die Stimmung sei gut gewesen, dann ging die Braut auf die Toilette, von der sie aber nicht wieder zurückkam. Einer aus der Gruppe sei ihr nachgegangen, habe sie mehrmals gerufen, bekam aber keine Antwort. Man habe in Stinatz angerufen und nach etwa einer halben Stunde sei man wieder dorthin zurückgefahren. Gegen 1.00 Uhr wurden dann die Behörden verständigt.

Sifkovits ließ sich die Handynummer der Braut geben. Der anschließende Anruf war nicht von Erfolg gekrönt. Das Handy war ausgeschaltet.

Nach einem kurzen Telefonat mit dem LKA Eisenstadt, bei dem Sifkovits seinen Vorgesetzten überzeugen konnte, dass er in Stinatz übernachten musste, setzte er sich an den Küchentisch im Haus seiner Mutter und aß die Reste des Erdäpfelstrudels. Morgen würde es Schweinsbraten geben.

Seine Mutter hatte ihm das alte Kinderzimmer so gut es ging von den Nahrungsmitteln freigeschaufelt. Sifkovits legte sich gegen 22.00 Uhr ins Bett und schlief sofort ein. Er wusste zu diesem Zeitpunkt natürlich noch nicht, dass es eine kurze Nacht werden würde. Um exakt 1.37 Uhr wurde er aus dem Schlaf gerissen, weil es eine weitere Leiche gab.

7.

Sifkovits stand vor dem Autowrack und kratzte sich unter seiner Kappe. Robert war sofort tot gewesen und die Ermittlungen ergaben, dass er 2,4 Promille Alkohol im Blut hatte. Zeugenberichten zufolge saß er den ganzen Abend im Gasthaus Stinatzerhof, um sich einen Obstler nach dem anderen reinzustellen. Katrin, die Wirtin, versuchte mehrmals ihm den Autoschlüssel wegzunehmen, aber Robert wurde aggressiv. Er kauerte den ganzen Abend hinten im Saal neben der alten Jukebox. Immer wieder drückte er die Nummer A7 auf dem Gerät. Es war der Roy-Black-Schlager „Wahnsinn". „Wahnsinn, dich so rücksichtslos zu lieben. Wahnsinn, dich als einen Teil von mir zu sehen. Wahnsinn, diese Angst dich zu verlieren. Wahnsinn, sicher wirst du deshalb einmal gehen."

Als Robert das Lokal verlassen wollte, gelang es einigen Gästen, ihm den Autoschlüssel wegzunehmen. Was aber alle nicht wussten: Er hatte einen Ersatzschlüssel in seiner Hosentasche.

An der Stelle, wo Robert verunglückt war, stand bereits ein Marterl. Nun musste ein zweites errichtet werden. Es war ohne Zweifel eine sehr gefährliche Kurve. Sie lag etwas außerhalb der Ortschaft, sodass die meisten Autofahrer bereits zu beschleunigen begannen. Neben der Straße ragte ein riesiger Mostbirnenbaum in die Höhe. Robert hatte keine Chance gegen ihn.

Als Sifkovits gegen 3.00 Uhr zurück ins Haus kam, war seine Mutter noch immer wach. Wie früher kochte sie ihm eine Eierspeis mit Schmalz, die er nur zur Hälfte aß.

„Mein Gott, was für eine Tragödie!"

Mit diesen Worten zog sich seine Mutter in ihr Schlafzimmer zurück.

Sifkovits nahm den Weg über den Hof, um in sein Zimmer zu gelangen. Morgen würden sehr unangenehme Termine anstehen. Zuerst zur Gerichtsmedizin in Oberwart, danach das Gespräch mit den Hinterbliebenen. Sifkovits liebte seinen Beruf, aber daran konnte er sich einfach nicht gewöhnen.

8.

„Wo wollen Sie denn hin?", fragte die resche Dame hinter der Glasscheibe.

„In die Gerichtsmedizin. Mein Name ist Inspektor Sifkovits. Ich habe einen Termin bei Doktor … "

Er suchte verzweifelt das kleine Notizbuch, in dem er sich den Namen des Gerichtsmediziners notiert hatte.

„Wird das heute noch was?"

Die Dame hatte es offensichtlich eilig, und das, obwohl sie den ganzen Tag hinter dieser Scheibe saß. Sifkovits wurde fündig.

„Da haben wir's: Dr. Miksch."

„Darf ich Ihren Ausweis sehen?"

Sifkovits hatte keine andere Wahl.

„Ich bin in 10 Minuten wieder da."

Natürlich hatte er seinen Ausweis im Handschuhfach.

Nach einer eindringlichen Belehrung, dass man sein Foto im Ausweis kaum erkennen könne, durfte er zu Dr. Miksch.

Miksch war einer dieser Gerichtsmediziner, wie man sie aus dem Fernsehen kennt: blass, etwas skurril anmutend und häufig einen makabren Scherz auf den Lippen.

„Wie ich vermutet habe, Herr Inspektor, war die Todesursache nicht das Erfassen durch den Mähdrescher, sondern der Schlag auf ihren Kopf beziehungsweise Halsbereich. Mit ziemlicher Sicherheit handelt es sich bei der Tatwaffe um einen schweren metallischen Gegenstand, der nicht näher zu definieren ist. Ich würde sagen, dass Sie so etwas auf jeder Baustelle finden. Aufgrund des Zustands der Leiche kann ich den Todeszeitpunkt auf Samstag zwischen 22.00 und 24.00 Uhr eingrenzen."

Sifkovits kombinierte, dass sie dann wahrscheinlich während der Entführung getötet worden war.

„Der oder die Täter haben sehr kräftig zugeschlagen. Ihr Halswirbel ging dabei zu Bruch. Sie war sofort tot."

„Wenn der Täter kräftig war, wird es sich wahrscheinlich eher um einen Mann handeln?", fragte der Inspektor nach. „Oder um eine Bodybuilderin!"

Miksch lachte so laut über diesen Scherz, dass es in dem kahlen Raum widerhallte.

„Nein, Spaß beiseite, ich denke auch, dass es ein Mann war. Wir konnten an der Leiche keine Spuren eines Kampfes feststellen."

„Dann hat sie ihren Täter vermutlich gekannt."

„Davon würde ich auch ausgehen, Herr Inspektor."

Sifkovits legte eine Hand auf seinen Mund.

„Dann wurde sie ziemlich sicher im Innenhof vom Goldenen Hirschen ermordet und er hat die Leiche danach nach Stegersbach gebracht. Auf dem Weg hierher hat mich die Spurensicherung informiert, dass dort in dem Holzlager eine kleine Perle gefunden worden sei, die eindeutig dem Schleier der Braut zugeordnet werden konnte. Der Täter dürfte die Ermordete also durch die Hintertür ins Freie geschleift haben und dabei löste sich die Perle."

Sifkovits war anzusehen, dass er sich in Gegenwart der Leiche unwohl fühlte. Vor allem um 7.00 Uhr in der Früh.

„Danke Doktor."

Sifkovits gingen viele Fragen durch den Kopf: Hat jemand um diese Zeit ein Auto gesehen? Wenn ja, welche Marke, oder hatte sich gar jemand das Kennzeichen gemerkt?

Warum wurde die Leiche im Feld abgelegt? Wo ist die Tatwaffe? Wo ist das Handy? Gab es mit dem Täter vor der Tat noch ein Gespräch? Und wenn ja, worüber? Warum am Hochzeitstag? Wusste der Täter den Ort der Brautentführung? War die Tat geplant? Sifkovits nickte mit dem Kopf und ging Richtung Ausgangstür.

„Herr Inspektor, noch ein wichtiges Detail: Die Braut war in der achten Woche schwanger."

9.

Der grüne Peugeot rollte auf die Baustelle in Stegersbach zu. Ein gut aussehender Mann stieg aus einem giftgelben Skoda Citigo. So klein und durfte sich schon Auto nennen. Er knallte die Tür zu, während er nach seinem Handy griff.

Vier wunderschöne Reihenhäuser würden da in der nächsten Zeit entstehen. Sifkovits stellte sich gemeinsame Grillabende vor, Männer, die ihre Keller zu Werkstätten umbauten, Tortenreste, die über den Zaun hinübergereicht wurden – die reinste Harmonie. Bis der eine Nachbar, der ja immer schon etwas komisch war, die Idylle zerstörte. „Die Blumen sind zu nahe am Grundstück! Der Apfelbaum nimmt mir meine Sicht! Dein Sohn kann nicht grüßen! Müssen deine Kinder so laut Musik hören? Eure Gäste haben auf meinem Grundstück geparkt usw." Und schon wurden aus den gemeinsamen Grillabenden gemeinsame Gerichtstermine.

Freco Horvat, Anfang 40, schlank und braun gebrannt, stand auf der Baustelle mit seinem Handy am Ohr. Sifkovits sah ihn wild gestikulieren, was darauf hindeutete, dass sein alter Schulfreund hier das Sagen hatte. Als Freco den grünen Peugeot erblickte, beendete er sofort das Gespräch und lief auf Sifkovits zu.

„Servus, Schiffi. Wie geht's? Ich hab schon gehört, dass du da bist."

„Servus, Freco. Ja, aber leider nicht zum Vergnügen." Sifkovits stieg aus dem Wagen und die beiden alten Schulfreunde umarmten einander.

„Gut schaust du aus", musste Sifkovits zugeben.

„Danke, ich mach ein bisserl Sport, wenn es die Arbeit zulässt. Was führt dich zu mir?"

„Du weißt, was passiert ist?"

„Ja! Wer nicht. Wir sind alle noch geschockt. Und gestern noch die Sache mit dem Robert. Was muss eine Familie alles ertragen?"

„Hast du die Tote gekannt?", wollte Sifkovits wissen.

„Mehr über den Robert, wie man sich halt kennt in einem Dorf. Sie war ja erst seit einem Jahr in Stinatz. Sie schien eine sehr nette Person zu sein, aber unsere Gespräche waren doch eher oberflächlich: Wetter, Essen, wie es ihr hier gefällt. Über ihre Herkunft sprach sie nicht so gern. Anscheinend hat sie im Jugoslawienkrieg viele unschöne Dinge erlebt."

Freco fand es eine bessere Idee, alles Weitere in seinem Containerbüro zu besprechen. Die Arbeiter müssten nicht wissen, worum es ging, außerdem wollte er damit die Verbreitung von Gerüchten eindämmen. Damit hatte er vielleicht nicht unrecht.

Das Containerbüro von Freco war lieblos eingerichtet. Klar, man wohnte ja nicht hier, sondern arbeitete. Auf dem provisorischen Schreibtisch lag eine Unzahl von Bauplänen, daneben stand ein kleines Notebook, dicht gefolgt von einem Foto seiner Frau Patricia. Sifkovits lehnte den obligatorischen Kaffee ab. Gleich darauf wurde ihm mitgeteilt, dass er zwar heißes Wasser haben könne, aber keinen Honig.

„Der gelbe Skoda? Ist das deiner?", fragte Sifkovits ungläubig. Denn seit Freco einen Führerschein besaß, gab es für ihn nur eine Marke, und zwar VW. Er fing mit einem Polo an und arbeitete sich bis zum Touareg hoch.

„Bist narrisch. Das ist ein Leihwagen aus der Werkstatt vom Wagner. Mein VW hat irgendeinen Fehler bei der Elektronik. Plötzlich hat STOP aufgeleuchtet. Dann war's wieder weg. Dann kam's wieder usw. Wahrscheinlich is eh nix, aber anschauen lassen muss man das schon. Heute am Nachmittag krieg ich ihn eh wieder."

Freco drückte einen Anruf weg.

„Dass dieses kleine Auto schon allein außer Haus darf? Oder hat es eine Bestätigung von seinen Eltern?"

Freco musste über Sifkovits' Bemerkung schmunzeln.

„Du brauchst gar nicht reden, mit deinem französischen Minensucher. Wie hat man immer gesagt: Der Peugeot rostet schon im Prospekt."

Diesmal musste Sifkovits schmunzeln. Die Sache mit dem Pickerl brachte er erst gar nicht zur Sprache.

„Aber du bist ja nicht gekommen, weil du mit mir über Autos reden möchtest, hab ich recht?"

„Du weißt, dass die Leiche da drüben auf einem Feld abgelegt wurde?"

Freco nickte.

„Ist dir irgendwas aufgefallen?"

„Nein. Samstag in der Nacht ist ja kein Mensch da."

Sifkovits erkannte, dass das eine blöde Frage war.

„Wir kommen erst Montag in der Früh her. Manchmal kommen unsere zwei Ungarn schon Sonntagabend, weil sie gerne da was trinken. Ist billiger als im Wirtshaus, und weil sie – aber da sehe ich drüber hinweg – hin und wieder Kleinigkeiten mitgehen lassen. Für daheim."

„Wie war die Hochzeit?"

„Wie halt eine kroatische Hochzeit ist. Viel Alkohol, viele Leute. Es war eine sehr feierliche Trauung. Der David hat schöne Worte gefunden. Warst du schon bei ihm?"

Sifkovits verneinte.

„Aber wirklich aufgefallen ist uns nichts. Als die Partie aus Unterlimbach zurückkam, haben wir noch alles in Stinatz nach ihr abgesucht. Nach circa einer Stunde hat dann die Patricia die Polizei angerufen, weil wir uns ernsthaft Sorgen gemacht haben.“

Sifkovits sah aus einem kleinen Fenster, von dem aus man einen Blick auf die Baustelle hatte. Schwitzende Arbeiter, teilweise mit nacktem Oberkörper, errichteten ein kleines Familienglück mit dem dazugehörigen Stück Natur.

„Die Anna wurde mit einem schweren Metallteil getötet. Könnte das von deiner Baustelle stammen?“

„Schiffi, eine Baustelle ist voll von Metallteilen. In der Nacht kann jeder kommen und was nehmen. Wir können die Baustelle nicht absperren. Es gibt zwar einen Bewegungsmelder, aber wer sieht den da oben am Hügel, in der Nacht? In der Regel verschwinden immer Sachen auf einer Baustelle, deshalb bestellt man von vornherein schon mehr Material.“

Das klang für Sifkovits alles einleuchtend.

„Danke, dass du meiner Mutter beim Dach geholfen hast.“

„Kein Problem. Diese Ziegel waren übrigens auch ein Überschuss von ganz vielen unterschiedlichen Baustellen. Man bestellt überall ein bisserl mehr und dem Auftraggeber fällt nicht einmal auf, dass sie fehlen. Comprende?“

„Was, meine Mutter hat nichts dafür bezahlt?“

„Glaubst du, ich verrechne deiner Mutter was? Die Ungarn haben ein schönes Trinkgeld von ihr bekommen und über den Rest reden wir nicht mehr, ok?“

Freco Horvat hatte sicherlich keine leichte Kindheit gehabt. Sein Vater hatte sich gleich nach seiner Geburt aus dem Staub gemacht. Freco hatte weder Kontakt zu ihm, noch wusste er, ob sein Vater überhaupt noch am Leben war. Seine Mutter starb an Brustkrebs, als Freco sechs Jahre alt war. Er wuchs bei den Großeltern auf.

Die Mutter von Sifkovits wurde dann im Laufe der Jahre so etwas wie eine Ersatzmama für ihn. Sie kochte oft für ihn und Babas Herz stand immer offen, wenn Freco, gerade als Jugendlicher, Probleme hatte. Er besuchte die HTL, machte seinen Abschluss und gründete danach seine eigene kleine Baufirma.

Sein Fleiß und sein Ehrgeiz brachten die Firma über die Jahre zum Wachsen. Die Aufträge reichten vom gesamten Burgenland über die Steiermark bis zu eigenen Großbaustellen in Wien. Vom Polo zum Touareg.

Sifkovits würde noch kurz mit den ungarischen Arbeitern sprechen, ob die vielleicht in der Mordnacht etwas gesehen hatten.

„Komm doch bei uns vorbei, wenn du mit dem Dienst fertig bist. Die Patricia würde sich sicher auch sehr freuen. Wir haben sogar einen Uhudlerlikör."

Das war das einzige alkoholische Getränk, das Sifkovits manchmal zu sich nahm. In Maßen, versteht sich.

„Sehr gern", gab Sifkovits seinem Freund zur Antwort, dann verließ er den Alucontainer.

Freco hatte sein Handy bereits wieder am Ohr, als sich die Containertür erneut öffnete.

„Entschuldige, eine Frage noch."

Sifkovits stand wieder in der Tür.

„Ja?" Freco legte das Handy wieder weg.

„Sagt dir der Name Monika Maier irgendwas?"

„In Hackerberg gibt es ein paar Maier, aber ich glaube, Monika ist da keine dabei."

Hackerberg war eine kleine Nachbarortschaft von Stinatz.

„Ok, danke. Jetzt hast eine Ruhe von mir! Wir sehen uns."

Sifkovits winkte Freco zu und schloss leise die Containertür.

Freco hatte absolut recht. Die Baustelle war voll mit unterschiedlichsten Teilen, die alle als Mordwerkzeug infrage kämen. Die Befragung der Ungarn blieb ohne Ergebnis. Sie seien zwar schon vor Montag hier gewesen, hätten aber nichts Auffälliges bemerkt.

10 Minuten später saß Sifkovits vor einer weinenden Frau.

10.

Die Villa von Judith und Richard Kirisits lag am Ortsanfang von Stinatz. Sie musste an die 300 Quadratmeter groß sein. Vor dem Haus parkte ein protziger Mercedes G Geländewagen. Das optimale Auto für einen Jäger.

Das Wohnzimmer war herrschaftlich eingerichtet. Schwere Gründerzeitmöbel verliehen dem Raum eine gewisse Düsternis. Die Chippendale Couch war aus rotem Leder und eine ähnlich imposante Erscheinung wie der Mann, der auf ihr saß. Die Frau daneben weinte ununterbrochen. Sifkovits versuchte mitfühlend zu wirken.

„Sie haben ein wunderschönes Haus. Und erst die Möbel. Ich hätte das ja auch gern bei mir zu Hause, aber als Polizist ist man schon froh, wenn man sich den Ikea leisten kann. Hier haben ja locker zwei Familien Platz."

„Richtig, wir haben es gebaut, damit die Kinder auch hier wohnen können! Oben hatte der Robert seinen Trakt, mit seiner Zukünftigen."

Richard Kirisits, Mitte 60, war ein groß gewachsener Mann mit Schnurrbart. In seiner Position duldete man selten eine Meinung, die der eigenen widersprach. Er war einer dieser Menschen, die nie in Pension gehen würden, außer wenn sie starben. Richard interessierte sich für die Jägerei, für sein Ansehen nach außen und vor allem für Geld.

Seine Frau Judith, im selben Alter, war eine typische Hausfrau. Sie war eine attraktive, zierliche Person, äußerst sympathisch und hatte sich mit ihrem Schicksal abgefunden. In dieser Generation lässt man sich einfach nicht scheiden. Judith Kirisits' Aufgabe bestand darin, den Haushalt zu managen, das Essen zu kochen und die Wäsche zu waschen. Sie sammelte mit großer Vorliebe Glaselefanten, die auf einem prunkvollen Regal Löcher in die Luft starrten. Jeden Tag wurden sie abgestaubt.

Da sich Judith nicht beruhigen konnte, wurde sie von ihrem Mann in die Küche geschickt, um etwas aufzuwarten. An der Wand hing eine Unzahl von Jagdtrophäen.

„Wenn die Leute etwas zu tun haben, kommen sie auf andere Gedanken. Außerdem muss sie sich dann nicht dieser unangenehmen Befragung stellen", sagte Richard Kirisits.

„Es tut mir schrecklich leid, Herr Kirisits, aber wir versuchen nur unsere Arbeit zu machen. Es wird auch nicht lange dauern."

„Ja, das glaube ich", blaffte Kirisits befehlend.

„Was darf ich Ihnen bringen?", fragte eine weinerliche Stimme.

„Nur ein heißes Wasser mit bisserl Honig, den Tee habe ich selber dabei. Danke, Frau Kirisits."

Mit verweintem Gesicht verschwand die Frau in der Küche.

„Ich weiß, dass das jetzt sehr schwer für Sie ist, Herr Kirisits … "

„Ach so!? Wissen Sie das? Haben Sie Kinder?"

Sifkovits schämte sich wegen seiner Polizeifloskel.

„Sie haben recht, ich weiß es nicht."

Eine Zeit lang sagte niemand ein Wort.

„In Gottes Namen. Bringen wir es hinter uns! Was wollen Sie wissen?"

Sifkovits wusste, dass er hier nicht viel Zeit hatte, also begann er gleich mit dem Wesentlichen.

„Was können Sie mir zum Verhältnis Ihres Sohnes zu Ihrer Schwiegertochter sagen?"

„Sie wissen sicher, dass ich im Vorstand der Landesbank sitze?“

Natürlich, wer nicht, dachte Sifkovits.

„Der Robert war ein ausgesprochen tüchtiger Bankbeamter. Natürlich haben meine Beziehungen das Ihre getan, um ihm den Einstieg ins Berufsleben so leicht wie möglich zu machen, aber dennoch hat er sein Handwerk gelernt. In Wirtschaftsangelegenheiten war er mit beispielhaftem Talent und Geschick gesegnet. Er war nicht nur am politischen Diskurs interessiert, sondern auch am Wohlergehen seiner Mitmenschen. Er verbrachte viel Zeit in Wien, zur Weiterbildung, und dort hat er dann, so drastisch das klingen mag, diese Putzfrau kennengelernt. Sie hat in einem Hotel gearbeitet, als Hilfskraft. Verstehen Sie mich bitte nicht falsch, es geht nicht nur um den miesen Job. Ich war mit der Anna nie ganz einverstanden. Seit sie bei uns war, geriet unser Familienleben schleichend aus den Fugen.“

„Warum?“, wollte Sifkovits wissen.

„Weil sie zu viele Ideen hatte. Sie sprachen sogar darüber, ein eigenes Haus zu bauen. Das war gegen meinen Willen. Erklären Sie mir die Sinnhaftigkeit dieses großen Hauses, wenn die Kinder weggehen. Die sollten doch hier bleiben.“

„Verstehe. Hatten Sie Angst vor der Einsamkeit in so einem großen Haus?“

„Ich habe grundsätzlich vor nichts und niemandem Angst, aber ein halb leeres Haus ist nicht gut, nicht fürs Haus und auch nicht für die Bleibenden. Es erzählt keine Geschichten und bietet keine Wärme.“

Frau Kirisits kam aus der Küche zurück. Sie stellte eine Kanne auf den Tisch, aus deren Hals es dampfte. Der Honig war um einen Stab gewickelt.

„Lass uns wieder allein“, befahl Richard seiner Frau. Sie gehorchte.

„Natürlich habe ich meinen Sohn in seinem Tun nicht behindert. Denn Sie wissen, die Liebe macht blind, und dann trifft man auch Entscheidungen, die rational nicht nachvollziehbar sind. Sie kennen doch den Robert von früher! Sie wissen, was für ein fescher Bursche er gewesen ist. Die Frauen aus dem Ort sind Schlange gestanden. Da waren einige Kandidatinnen dabei, die ich meinem Gefühl nach für geeigneter hielt und eher als Schwiegertochter in Betracht gezogen hätte. Frauen mit Stil, Anstand und einer guten Herkunft.“

Richard Kirisits senkte seinen Kopf.

„Und dann hat ihn plötzlich der Herrgott zu sich geholt. Meinen Buben. An einer Stelle, wo schon einmal ein junger Mensch sein Leben verloren hat.“

Sifkovits sah dem Mann an, dass er ihn bald hinausbitten würde. Diese eine Frage musste er aber noch stellen:

„Waren Enkelkinder ein Thema?“

Richard blickte auf.

„Ja. Sie haben darüber gesprochen. Gott sei Dank kam es nicht dazu. Das ist der einzige kleine Trost in diesen schweren Stunden. Stellen Sie sich vor, wenn ein Kind mit einem Schlag beide Elternteile verloren hätte.“

Er wusste also nichts von der Schwangerschaft seiner nicht allzu geliebten Schwiegertochter. Sifkovits traf in Sekundenschnelle die Entscheidung, nichts von dem ungeborenen Enkelkind zu erzählen.

„Es ist so furchtbar, noch dazu soll ja die Hochzeit auch so schön gewesen sein.“

Sifkovits wusste nicht, ob er die Geduld des Mannes damit ausreizte.

„Das war sie, in Teilen. Der David hat würdige Worte für das Paar gefunden, auch wenn ich nicht immer mit seinen Ansichten übereinstimme. Diese ganze Öffnung der Kirche, diese unsägliche Debatte über Abtreibung. Nur Gott hat das Recht, ein Menschenleben zu nehmen. Früher gab's das nicht. Da wurde die Pfarrgemeinde mit starker Hand geführt. Die anschließende Feier stellte für mich allerdings die größere Herausforderung dar. Als wir dort im Pfarrhof an der Tafel gesessen sind, konnte ich genau spüren, wie einige meiner Feinde hinter meinem Rücken auf mich gezeigt haben. Schau, da sitzt sie jetzt! Wo man nicht weiß, wo kommt die her? Was hat die für eine Vergangenheit? In meiner Position sollte die Schwiegertochter etwas Repräsentatives darstellen. Zugegeben, sie hat sich gut um meinen Sohn gekümmert, das möchte ich gar nicht abstreiten, hat ihn bekocht, aber im Kopf blieb sie immer dieses Bauernmädel aus der kroatischen Provinz."

Richard Kirisits versicherte sich kurz, ob seine Frau noch in der Küche war. Danach trat er näher an Sifkovits heran, um ihm leise etwas ins Ohr zu flüstern.

„Der Bub hat sich von der größten Waffe der Frauen verleiten lassen. Und die befindet sich nun mal zwischen den Beinen, Herr Sifkovits."

Der Inspektor hatte nicht mit dieser Offenheit gerechnet. Dieser Mann hatte etwas enorm Einschüchterndes.

„Waren Sie die ganze Zeit dabei oder haben Sie die Hochzeitsgesellschaft auch einmal verlassen, außer um aufs Klo zu gehen?"

Kirisits brauste auf.

„Was soll die Frage? Natürlich war ich die ganze Zeit anwesend. Es war ja auch die Hochzeit meines Sohnes. Und um Ihnen eine weitere blöde Frage zu ersparen: Meine Frau und mein Sohn waren auch immer vor Ort. Alle haben sich danach an der Suche nach Anna beteiligt."

„Das kann ich gut verstehen. Was mich allerdings beschäftigt, und dann haben Sie Ruhe von mir, warum wurde die Polizei erst so spät verständigt?"

„Wir dachten, das sei Teil des Spiels. Anscheinend war von Annas Seite eine Überraschung geplant. War's das jetzt!?"

„Ja. Dürfte ich mich nur ganz kurz oben in der Wohnung der beiden umsehen?"

„Die Betonung liegt auf kurz. Den Weg nach draußen finden Sie dann selber! Wiedersehen."

Dann stand Richard Kirisits auf und nahm sich einen Cognacschwenker aus der Globusbar.

Die obere Wohnung war modern eingerichtet. Viel Glas, viele futuristische Designermöbel, sehr sauber, aber etwas steril. Sifkovits sah Fotografien aus glücklichen Tagen, Lebkuchenherzen mit „Ich liebe dich"-Aufschrift, einen Hometrainer, der unglaublicherweise nicht als Kleiderständer fungierte, sondern tatsächlich als Fitnessgerät benutzt wurde. Am Küchentisch lag eine Hochzeitseinladung. „Wo du hingehst, da will ich auch hingehen. Wo du bleibst, da bleibe ich auch. Dein Volk ist mein Volk und dein Gott ist mein Gott" stand dort in goldenen Lettern, unter denen zwei Ringe ineinander verflossen. Welch furchtbare Prophezeiungen manche Sprüche in der Bibel doch beinhalteten, dachte Sifkovits. „Anna und Robert heiraten" war auf der Innenseite zu lesen. Daneben eine Telefonnummer, Zeit und Ort der Hochzeitsfeier und der Hinweis: „Wir freuen uns über eine finanzielle Unterstützung für unsere Hochzeitsreise."

Im Schlafzimmer stand ein Bambusbett, von dem man durch das Panoramafenster an der Decke einen wunderbaren Blick auf den Himmel hatte. In einer der Steckdosen, die sich neben den Bambusnachtkästchen befanden, steckte ein iPhone-Ladegerät. Nach den zierlichen Pantoffeln zu schließen, die Sifkovits auf dieser Seite des Bettes entdeckte, musste es sich um das Ladegerät des verschwundenen Handys der Braut handeln. Die weitere Untersuchung der Wohnung brachte keine brauchbaren Erkenntnisse.

Als Sifkovits die Treppen wieder hinunterkam, saß Richard Kirisits noch immer im Chippendale Fauteuil. Der Inspektor schenkte dem honorigen Mann einen Abschiedsgruß, der nicht erwidert wurde.

„Verzeihung, Herr Kirisits, eine letzte Frage noch: Das Auto vor dem Haus gehört doch Ihnen? Fahren Sie damit auch zum Jagen? Wie viel Platz ist eigentlich im Kofferraum Ihres Mercedes?"

„Natürlich ist das mein Wagen. Für meine Jagdbeute auf jeden Fall genug!", bekam er als harsche Antwort.

„Ja, ich hab's mir gedacht. Wiedersehen."

Schon an der Tür, drehte sich Sifkovits noch einmal um.

„Der Name Monika Maier? Sagt Ihnen der was?"

„Nein, nie gehört. Und jetzt lassen Sie uns bitte mit unserer Trauer allein, sonst fällt mir plötzlich ein, dass ich Ihren Vorgesetzten kenne."

Schon wieder die übliche Wichtigtuerei, dachte Sifkovits und ging.

„Warum hast du ihn angelogen?"

Mit diesen Worten kam Judith Kirisits aus der Küche ins Wohnzimmer zurück.

„Was?“

„Du warst nicht die ganze Zeit bei uns.“

„Was redest du da?“

„Nachdem die Anna entführt worden war, warst du sicher eine halbe Stunde weg.“

Richard Kirisits sah seiner Frau lange in die Augen.

„Ich hab mich um die anderen Gäste gekümmert.“ Nach Judiths Empfinden ließ sich ihr Mann etwas zu viel Zeit mit dieser Antwort. Wortlos ging sie wieder in die Küche.

Sifkovits legte beide Hände an die Seitenscheiben des Mercedes G. Somit konnte er besser ins Wageninnere blicken. Die hinteren Sitze waren herausgenommen, um mehr Platz auf der Ladefläche zu erhalten. Dass der Schlüssel im Zündschloss steckte, bemerkte er recht spät. Er öffnete vorsichtig den Kofferraum.

Auf der Ladefläche sollte er fündig werden.

11.

„Sie können doch nicht einfach in dem Wagen eines Zeugen herumschnüffeln. Ohne dessen Wissen noch dazu. Was fällt Ihnen eigentlich ein, Sifkovits? Ich habe gesagt, keine Alleingänge – schon vergessen?"

Sebastian Taschner war mehr als aufgebracht, als er mit Sifkovits telefonierte.

„Entschuldigen Sie, es war nur so ein Gefühl."

„Unser Beruf besteht aus Fakten und Beweisen. Da haben Gefühle nichts verloren. Außerdem, finden Sie es nicht nachvollziehbar, dass man auf der Ladefläche eines Fahrzeugs, das für die Jagd verwendet wird, Spuren findet, die auch Blut sein könnten? Können Sie sich vorstellen, dass dort eventuell Rehe transportiert wurden – und, jetzt müssen sie aber schon sehr fantasievoll werden – dass Rehe, nachdem sie abgeschossen wurden, wie soll ich sagen … äh … bluten?!"

Taschners Sarkasmus prallte an Sifkovits ab.

„Ja, natürlich. Ich würde es trotzdem gerne untersuchen lassen."

Taschner atmete tief durch.

„Meinetwegen. Sie wissen aber, falls da was dran sein sollte, dass dieser Beweis vor Gericht kaum halten wird."

„Natürlich. Es ist sicher eh nix!"

„Was haben die Beamten über den früheren Arbeitsplatz der Braut in Erfahrung gebracht?", fragte Taschner.

„Nicht sehr viel. Sie galt im Hotel Hilton als fleißige Putzkraft, war sehr umgänglich und beliebt. Als sie Robert Kirisits kennenlernte, haben die beiden sich Hals über Kopf ineinander verliebt. Die Kolleginnen freuten sich für Anna, fanden es aber schade, dass sie wegging. Über ihre Vergangenheit habe sie kaum gesprochen. Die Eltern seien im Jugoslawienkrieg ums Leben gekommen. Nach der Flucht nach Österreich kehrte sie nie wieder dorthin zurück."

Taschner musste sich eingestehen, dass sie wirklich noch nicht sehr viel hatten. Geschweige denn einen Verdächtigen oder ein Motiv. Darüber war er ungehalten.

„Was ist mit der Tatwaffe?", fragte er weiter.

„Ich glaube, dass die Tatwaffe zufällig am Tatort lag. Da gab es einen Streit zwischen zwei Brüdern. Der eine hat dem anderen ein Metallteil ins Feld gelegt, um dessen Mähdrescher zu beschädigen. Dieses Metallteil wurde im Innenhof liegen gelassen. Der Täter dürfte es zufällig genommen haben, einfach weil es dalag. Als die Spurensicherung den Innenhof untersuchte, war es nicht mehr da. Es stammte von der Baustelle in der Nähe des Feldes. Der eine Bruder gab zu, es dort gestohlen zu haben. Ich bin mir aber sicher, dass er nichts mit unserem Mord zu tun hat."

„Warum?"

„Weil die beiden Brüder weder die Braut kannten noch in irgendeiner Beziehung zur Familie Kirisits standen."

„Verstehe", war am anderen Ende der Leitung zu hören.

„Wissen wir schon was über diese Monika Maier?"

„Herr Oberst, Monika Maiers gibt es leider sehr viele. Jene, die von den örtlichen Beamten bisher ausgeforscht und befragt wurden, scheiden alle aus. Leider."

Sifkovits bog schon in die Verabschiedungskurve ein.

„Noch was, Sifkovits."

„Ja?"

„Sie haben etwas im Kommissariat vergessen."

Sifkovits wusste sofort, worauf der Oberst hinauswollte, gab sich aber unwissend.

„Was denn?“

„Ihre Waffe!“

„Was, echt?“

„Sie kommen sofort nach Eisenstadt, um sich ihre …“

„Verzeihung, Herr Oberst, der Empfang ist gerade ganz schlecht.“

Dann legte Sifkovits auf. Die Waffe würde er später holen. Vorerst hatte er Wichtigeres zu tun.

12.

Das Pfarrhaus von Stinatz lag gleich hinter der Kirche. Es war ein schönes altes Gebäude, das von alten Bäumen umgeben war. Sie waren nicht nur schön, sondern spendeten auch Schatten für den Hof des Pfarrheims. Sifkovits' Empfang am Handy hatte sich wie durch ein Wunder wieder verbessert. Er telefonierte mit einem Kollegen, der das Handy des verunglückten Robert untersucht hatte.

„Es gibt nichts wirklich Auffälliges, was seine Telefonate betrifft, Herr Inspektor. Robert Kirisits telefonierte in den letzten Tagen viel mit seiner Frau, seinen Eltern, dem Pfarrer David Grandits und einigen Freunden aus dem Ort. Der Rest der Verbindungen beschränkt sich auf berufliche Kontakte und Nummern, die mit der Hochzeitsplanung in Verbindung zu bringen sind. Die Nachforschungen haben nichts Verdächtiges ergeben."

„Und in seinem Handykalender?"

„Detto. Viele Termine die Hochzeit betreffend, bisschen was Privates, hauptsächlich berufliche Termine. Einzig ein Vermerk in seinem Kalender unterschied sich von den anderen. Einen Tag vor der Hochzeit hatte er sich von 12.00 bis 12.30 Uhr das Wort „Stegersbach" in den Kalender geschrieben. Dazu noch drei Rufzeichen."

„Was ist daran ungewöhnlich?"

„Die anderen Termine waren viel ausführlicher beschrieben. Man wusste bei jedem Termin, was der Verstorbene vorhatte. Außer bei diesem."

„Danke."

Sifkovits legte auf. 12.00 bis 12.30 Uhr würde für Roberts Mittagspause sprechen, dachte er, dann betrat er den Pfarrhof. David Grandits, Anfang 40, etwas untersetzt, mit freundlich rundlichem Gesicht, saß auf einer Bank im Schatten und studierte ein Buch.

„Servus, David."

„Ja, Grüß Gott, Schiffi." Die beiden Freunde umarmten einander.

„Bitte nimm Platz. Magst ein Glaserl Wein? Unser Messwein ist wirklich gut, wenn man ihn mit Cola aufspritzt."

Beide lachten und Sifkovits fühlte sich sofort wieder wie zu Hause. David war sein bester Freund gewesen. Zusammen hatten die beiden viel Spaß gehabt. Sie planten damals eine gemeinsame Weltreise mit einer Puch Maxi, aber wie so oft im Leben waren Träume viel romantischer als die Wirklichkeit. Sie kamen nur bis Pinkafeld.

Sifkovits lehnte den Wein dankend ab und setzte sich auf die Bank.

„Was liest du da?"

„Ich hab um halb fünf ein Begräbnis in Kemeten. Ich such mir nur einen passenden Text heraus. Meistens sagt man dann eh immer dasselbe, aber die Hinterbliebenen haben's schon gerne, wenn man die Rede etwas persönlicher gestaltet. Die Mischung macht es aus. Bibeltexte können auch unfassbar fad sein. Wie geht's dir, Schiffi?"

„Danke, ganz gut. Ich wäre gerne unter anderen Umständen hergekommen."

„Und? Wann warst du das letzte Mal in der Kirche?"

Sifkovits kratzte sich unter seiner Kappe.

„Na ja, also … meinst du jetzt einfach so oder eher ein Großevent wie Ostern …", er suchte nach Worten. „War eigentlich da herinnen im Hof die Hochzeitsfeier?"

Sifkovits kannte die Antwort, ihm fiel aber kein besseres Ablenkungsmanöver ein.

„Ja. Von hier bis raus auf den Kirchplatz sind die Tische gestanden. An die 500 Gäste. Der Richard hatte sich das natürlich nicht entgehen lassen. Die Hochzeit von seinem einzigen Sohn, da wollte er den Krösus spielen. Vor Roberts Begräbnis habe ich fast ein bisschen Angst. Ich habe zwar mit dem Richard meine Probleme, aber der Robert war ein grundanständiger Mensch. Ich konnte ihn wirklich sehr gut leiden."

„Ich auch. War ein sehr netter Kerl", erwiderte Sifkovits. Dann fiel ihm eine alte Geschichte aus der Kindheit ein.

„Kannst du dich noch erinnern, wie wir einmal im Fünf-Sterne-Wald gezeltet haben?"

„Freilich. Und wir ihm eingeredet haben, dass hier in dem Wald der Graf mit dem Holzbein herumspukt."

„Wo ist mein Bein? Wo ist mein Bein? Ich höre den Freco noch immer, wie er mit verstellter Stimme im Wald krächzte."

„Stimmt! Das war eine Niederlage für seinen Vater! Der Robert ein Feigling, der sich nicht im Wald übernachten traut."

„So schnell ist der Robert, glaube ich, noch nie von „Fünf Sterne" bis nach Hause gelaufen. Und geplärrt hat er. Aber er war natürlich auch viel jünger als wir."

Wieder lachten die beiden.

„Das waren schon unbeschwerte Zeiten", fügte David hinzu. Beide Herren schwelgten danach schweigend in Erinnerungen.

„Meine Mama hat mir erzählt, dass du so irrsinnig viel zu tun hast."

In Sifkovits' Bemerkung lag eine etwas augenzwinkernde Ironie. Was hat man als Pfarrer schon zu tun, dachte er. Man arbeitet am Wochenende für ein paar Stunden und unter der Woche lässt man sich bekochen.

„Ich sage dir, ich komme mit der Arbeit gar nicht nach! Es will ja keiner mehr Pfarrer werden. Dabei ist das der einzige Beruf, bei dem Alkohol im Dienst erlaubt ist. Wenn ich Honorarnoten für meine Messen legen würde, ich wär schon längst in der Karibik."

Sifkovits mochte den Humor von David. Vielleicht hätte die katholische Kirche wieder mehr Zulauf, wenn es mehr von seinem Format gäbe.

David stand auf und deutete Sifkovits mitzukommen.

„Wo gehen wir hin?", fragte er den Pfarrer.

„Dorthin, wo du schon lange nicht mehr warst."

Die Kirche war menschenleer. Die beiden Freunde saßen in der ersten Reihe und starrten auf Jesus am Kreuz.

„Hat sich nicht verändert, soweit ich mich erinnern kann", sagte Sifkovits.

„Die Bänke sind leider schon sehr desolat. Man müsste sie austauschen, aber dazu fehlt uns das Geld."

„Wirft der Klingelbeutel so wenig ab?", fragte Sifkovits mit einem leichten Lächeln.

„Na ja, sagen wir mal so: Wir sind nicht jeden Sonntag ausverkauft", antwortete David.

Sifkovits blickte nach oben. Die Decke war voll mit Fresken, die schön langsam ihre Farbe verloren. Auch hier könnte man etwas tun, dachte er.

„Da vorne wurdest du getauft." David deutete mit der Hand auf die Stelle rechts vom Altar, wo das Taufbecken stand.

„Erinnerst du dich noch an den alten Pfarrer, den Stani?"

„Lebt der noch?", fragte Sifkovits den Pfarrer.

„Nein. Der ist schon lange gestorben. Lungenkrebs. Er war ja ein sehr starker Raucher."

„Also ein konsequenter Tod." Sifkovits deutete mit dem Kopf nach oben an die Decke.

„Glaubst du, dass es der da oben gut mit uns meint?"

„Ja, das glaube ich. Er wählte den Sohn eines Zimmermanns, um sich der Welt zu offenbaren. Und dieser Zimmermann hat für uns gelitten."

Sifkovits nickte, dann drehte er sich zu seinem Freund.

„Wo bist du bei der Hochzeitsfeier gesessen?"

„Bei der Familie. Warum?"

David wusste nicht, worauf sein Freund hinauswollte.

„Ok. Und waren immer alle anwesend oder ist da einer einmal weggegangen und nicht mehr zurückgekommen?"

„Das kann ich schwer beantworten, lieber Schiffi. Ich habe mich mehr auf das Essen konzentriert. Es gab ein wunderbares Rindfleisch mit Semmelkren. Und dann ist noch der Jauntschi zu mir gekommen und hat mir über das Wasser in seinen Beinen erzählt. Also mir wäre nichts aufgefallen. Ich habe auch nicht ständig auf die Familie geachtet."

Sifkovits hatte mit dieser Antwort gerechnet. Bei 500 Leuten war es ein Ding der Unmöglichkeit, alle im Auge zu behalten. Es wäre ein leichtes Spiel für einen Täter, sich unbemerkt von dieser großen Gesellschaft zu entfernen.

„Hast du gewusst, dass die Anna in der achten Woche schwanger war?"

„Ja. Sie hat es mir eine Woche vor der Hochzeit im Vertrauen erzählt."

„Hat der Robert das auch gewusst? Die Eltern wussten jedenfalls nichts davon."

„Ich denke schon. Es war ja nach der Brautentführung eine Überraschung geplant. Vielleicht die Verkündung dieser schönen Neuigkeit."

„Verstehe. Ich darf dich bitten, dass du diese Information vertraulich behandelst und vorerst niemandem davon erzählst. Schon gar nicht den Eltern."

„Das Beichtgeheimnis kennst du, oder?"

„Äh … ja."

„Eben. Mach dir keine Sorgen, Schiffi."

David blickte auf seine Uhr.

„So, jetzt muss ich langsam."

„Warte. Eine Frage noch! Sagt dir der Name Monika Maier irgendetwas?"

David überlegte kurz.

„Ja. Kenne ich."

Sifkovits war mehr als erfreut über diese Antwort.

„Nur leider wird dir die Monika nicht mehr weiterhelfen können. Wir haben sie letzte Woche eingegraben. In Litzelsdorf. Ich bin mir sicher, dass sie in keinem Verhältnis zur Familie Kirisits stand, denn sie war die letzten drei Jahre bettlägerig."

Sofort wurde aus Sifkovits' anfänglicher Euphorie herbe Enttäuschung. David stand auf und machte Richtung Altar eine Kniebeuge.

„Schiffi, ich muss jetzt wirklich. War eine Freude, dich wiederzusehen. Tust du mir noch einen Gefallen?"

Sifkovits bejahte.

„Bete noch ein Vaterunser, bevor du gehst."

Dann ging David in Richtung Ausgang. Seine Schritte hallten durch das Kirchenschiff, bis das schwere Tor wieder ins Schloss fiel.

13.

„Bist du gekommen, weil's dir unsere Mutter aufgetragen hat oder weil du mich sehen wolltest?"

„Darf ich den Telefonjoker nehmen?", gab Sifkovits seiner Schwester Lisa als Antwort.

Lisa war jünger als er und gemeinsam mit ihrem Mann hatte sie einige Jahre zuvor ein kleines Einfamilienhaus in der Stinatzer Sonnensiedlung gebaut. Sie war eine kräftige Person, die ordentlich anpacken konnte. Ihre Tochter, die kleine Elisabeth, war jetzt vier Jahre alt. Während sie im Kindergarten war, arbeitete Lisa halbtags im Reisebüro Blaskovits.

Seit ihrer Kindheit gab es immer wieder Spannungen zwischen den Geschwistern.

„Komm rein!", forderte Lisa ihren Bruder auf.

Das Wohnzimmer entsprach so gar nicht Sifkovits' Geschmack. Die furnierten Möbel erinnerten ihn zu sehr an frühere Zeiten. Vor Sifkovits stand eine Tasse mit grässlichem Blumenmuster. Natürlich verwendete Lisa für die Tasse einen Untersetzer.

„Wie geht's euch in Eisenstadt? Bei den G'stopften?", fragte seine Schwester etwas zynisch.

Sifkovits ging darauf nicht ein und versuchte so emotionslos wie möglich zu sein.

„Ganz gut. Die Carina ist viel unterwegs."

„Weißt du, wie traurig die Mama ist, dass du so selten herkommst?" Dieser Satz strotzte förmlich vor Vorwürfen.

„Ja, es ist immer so viel zu tun. Die Verbrecher nehmen ja keine Rücksicht auf meine privaten Pläne."

„Und mehr Enkerln will die Oma auch haben. Wann tust du endlich was dafür? Oder wollt's ihr keine Kinder haben?" In diesem Satz lag noch mehr Vorwurf.

„Das hat berufliche Gründe. Die Carina trägt eine große Verantwortung. Außerdem, kannst du dir mich mit Kindern vorstellen?"

Lisa musterte ihren Bruder.

„Also, wenn ich den Fleck da rechts auf deiner Weste sehe, nein! Was ist denn da passiert, hat dir da wer raufgerotzt?"

Sifkovits sah auf den Fleck, der von Peter aus Unterlimbach stammte. Er hatte ganz vergessen, die Weste zu reinigen.

„Jetzt ist es schon zu spät für Kinder", versuchte er abzulenken.

„Sagst das du oder deine Frau?"

Sifkovits gab keine Antwort auf diese Frage.

„Warst du auf der Hochzeit?"

„Ja, war ich. Ist das jetzt ein Verhör oder was?"

„Geh Lisa. Ich möchte ja nur wissen, ob dir dort irgendwas aufgefallen ist."

„Nein. Es waren alle in guter Stimmung. Dass der alte Kirisits mit seiner Schwiegertochter seine Probleme hatte, wirst du ohnehin schon wissen."

„Ja, das weiß ich. War der alte Kirisits immer anwesend?"

„Ich hatte wirklich anderes zu tun, als ihn die ganze Zeit zu beobachten. Das hat mit der Hygiene meiner Augen zu tun."

„Ihr seid's schon komisch. Alle reden schlecht über den alten Kirisits, aber hingegangen sind dann doch alle."

„Wegen dem Robert!", schoss Lisa schnippisch zurück.

„Gut. Ich muss jetzt gehen. Danke für den Tee, Lisa. Man sieht sich."

„Irgendwas stimmte mit dieser Anna nicht."

„Was denn?", fragte ihr Bruder nach.

„Sie war viel zu süßlich. Wenn Leute immer gut aufgelegt sind, dann haben sie etwas zu verbergen."

Als Sifkovits im Auto saß, hatte er nach langer Zeit wieder Lust auf seinen geliebten Uhudlerlikör. Er wusste auch, wo er den bekommen würde.

14.

Von der Bauweise von Frecos Haus konnte man leicht Rückschlüsse auf seinen Beruf ziehen. Es war modern und hatte trotzdem Stil. Vor dem Haus parkte ein schwarzer VW Touareg. Freco, seine Frau Patricia und Sifkovits saßen rund um den Wohnzimmertisch. Es wurde viel über die alten Zeiten geplaudert. Auch über ihre Nacht im Fünf-Sterne-Wald, wo sie Robert mit der Spukgeschichte so erschreckt hatten. Sifkovits trank ein Glas Uhudlerlikör. Der Tisch bog sich sprichwörtlich, weil es sich Patricia nicht hatte nehmen lassen, eine „kleine" Jause zu richten. Die zwei Anrufe von Sifkovits' Vorgesetzten wurden vom Inspektor ignoriert. Er würde erst morgen früh nach Eisenstadt fahren, um einerseits seine Dienstwaffe zu holen und andererseits das Blut, welches in Richard Kirisits' Mercedes G gefunden worden war, ins Labor zu bringen.

Die private Atmosphäre tat dem Inspektor erkennbar gut, dennoch lenkte er das Gespräch nach zwei Gläsern Likör und vier Speckbroten in eine berufliche Richtung.

„Der alte Kirisits Richard, ist der koscher?", fragte er Freco.

„Na ja, so koscher wie man eben in seiner Position sein kann. Sicher, er kann ein sehr unangenehmer Zeitgenosse sein, und sein Umgang mit den Mitmenschen hat auch Luft nach oben, aber seine Beziehungen sind für meinen Betrieb schon ein großer Vorteil. Er hat mir bisher immer geholfen."

„Ist er in dein Reihenhausprojekt involviert?"

„Ja, klar. Wir brauchen ein finanzielles Fundament. Er kommt sogar morgen wieder auf die Baustelle."

Sifkovits zog die Augenbrauen hoch.

„Das habe ich auch gedacht. Ich sagte ihm: ‚Richard, das kann warten.' Er hat aber gemeint, dass ihn Arbeit vielleicht etwas ablenke. Ein Begräbnis zu planen, noch dazu das des eigenen Sohnes, ist sicher die schrecklichste Aufgabe, die man im Leben haben kann."

„Es ist so furchtbar, dass innerhalb von ein paar Tagen eine ganze Familie zerstört wurde", sagte Patricia in mitfühlendem Ton.

„Der Robert hatte sich so sehr eine Familie mit Kindern gewünscht", ergänzte Freco.

„Dass es Leute gibt, die in der Lage sind, eine schwangere Frau auf der eigenen Hochzeit umzubringen. Was geht in so einem Menschen vor? Was ist da schiefgelaufen?"

„Freco, wenn ich das wüsste, hätten wir den Mörder bereits gefasst. Ich hab in meinem Beruf leider schon so viel gesehen, dass ich oft den Glauben an die Menschheit verliere."

Sifkovits griff sich ein fünftes Brot. Mit vollem Mund wollte er wissen, warum die beiden keine Kinder hatten. Patricia gab ihm die Antwort.

„Wir haben natürlich viel darüber gesprochen, aber Kinder sind mit seinem Beruf ganz schwer vereinbar. Ich will auch keine Mutter sein mit einem Kind, das seinen Vater kaum sieht. In seinem Beruf ist er auch viel am Wochenende unterwegs oder in Wien, seine spärliche Freizeit widmet er dankenderweise unserer Ehe."

„Ich weiß, das klingt gerade in einem Ort wie Stinatz etwas sonderbar", fügte Freco hinzu, „aber ich habe mich damals für die Karriere entschieden. Mein Unternehmen erlebte auch sehr schwierige Zeiten und ich war kurz vor dem

Zusperren. Ich bin der Patricia unendlich dankbar, dass sie mich in all meinem Tun unterstützt hat. Wir sind wirklich gemeinsam durch die Scheißgasse gegangen und in der haben Kinder nichts zu suchen."

Sifkovits fühlte sich durch die Aussagen der beiden bestätigt und musste an das Gespräch mit seiner Schwester denken.

Sifkovits wollte schon gehen, wurde aber von Patricia aufgefordert, noch ein Speckbrot zu essen. Er bedankte sich herzlich. Er sei mehr als satt.

„Nimm einmal deine Kappe runter", wurde er von Frecos Frau aufgefordert.

Unter der Kappe kamen seine stark zerzausten Haare zum Vorschein.

„Da müssen wir dringend etwas machen!", sagte Patricia.

„Meine Frau ist die beste Frisörin im ganzen Burgenland. Frag deine Mutter!"

Sifkovits versicherte, bald einen Termin bei ihr auszumachen. Er wurde von Freco an der Tür verabschiedet und war schon fast bei seinem grünen Peugeot.

„Eine Frage noch: Woher wusstest du, dass die Anna schwanger war?"

„Der Robert hat's mir erzählt", gab Freco als Antwort. „Unter strengster Geheimhaltung. Sie wollten es bei der Hochzeit verkünden."

„Alles klar. Noch einen schönen Abend!" Dann quietschte der Peugeot in der Dunkelheit davon.

Als Sifkovits das Haus seiner Mutter erreichte, fand er das Holztor versperrt vor. Sein Schlüssel passte nur in das Schloss zu seinem Zimmer. Es blieb ihm nichts anderes übrig, als laut zu klopfen, um anschließend in laute „Mama, Mama"-Schreie überzugehen.

Vierzehn Minuten später musste Sifkovits seinen bestellten Schweinsbraten essen. Baba erklärte, sie habe zugesperrt, weil ja ein Mörder im Dorf umginge. Auf die Frage seiner Mutter, ob es schon einen Verdächtigen gebe, antwortete ihr Sohn mit „Ja".

15.

Sifkovits war schon sehr früh nach Eisenstadt aufgebrochen und fuhr direkt zum Blutlabor.

„Das gefundene Blut aus dem Mercedes G kann eindeutig einem Menschen zugeordnet werden. Es handelt sich um die Blutgruppe 0 positiv“, sagte der Laborleiter zu Sifkovits. „Und um Ihnen eine kleine Freude zu bereiten, Herr Inspektor, die Ermordete hat dieselbe Blutgruppe. Dieses Indiz würde ausreichen, um den Wagen zu untersuchen und den Verdächtigen zu verhören. Nichtsdestotrotz ist ein DNA-Test unabdingbar.“

Sifkovits kratzte sich unter seiner Kappe. „Gut, dann schicken Sie bitte alle Informationen ins Labor nach Innsbruck, nur dort können wir DNA-Analysen machen. Bevor wir zu viel Staub aufwirbeln, möchte ich gerne nochmals mit Herrn Kirisits reden“, sagte Sifkovits zum Laborleiter.

„Natürlich wird das Auto sofort untersucht!“, brüllte Taschner, als ihm Sifkovits in dessen Büro gegenübersaß.

„Sie haben recht, Herr Oberst, aber bitte lassen Sie mich noch einmal mit ihm sprechen. Wenn der Kirisits seine politischen Hebel in Gang setzt, wird es unsere Arbeit mehr als erschweren. Der lässt nicht locker. Warten wir auf die Ergebnisse des DNA-Tests, um sicherzugehen. Die Kollegen in Innsbruck könnten uns morgen die Bestätigung liefern. Wollen wir wirklich in allen Zeitungen stehen? Außerdem sehe ich noch immer kein einleuchtendes Motiv bei Herrn Kirisits. Nur dass er seine Schwiegertochter nicht leiden konnte, erscheint mir etwas zu wenig.“

Taschner überlegte kurz und stimmte dann etwas missmutig zu.

„Danke, Herr Oberst.“

Sifkovits machte sich wieder auf nach Stinatz. Seine Dienstwaffe hatte er natürlich wieder nicht mitgenommen.

Kurz vor seinem Zielort wurde er von Beamten aufgehalten und erneut darauf hingewiesen, dass sein Pickerl abgelaufen wäre. Er versicherte den Kollegen, sich so schnell wie möglich darum zu kümmern.

„Also wenn ihr mich fragt, hat die Anna irgendwas mit Drogen zu tun gehabt“, mutmaßte Maikits, während er wie so oft den Boden kehrte.

„Wie kommst du auf so was?“, wollte Sifkovits wissen.

„Erinnert euch, die war immer so gut aufgelegt, das ist nicht normal. Das war ganz sicher wegen dem Haschisch. In Wien hat sie Kontakte geknüpft, ist dann hierher gekommen, weil da ist alles ruhig und unverdächtig, und dann hat sie einen Drogenring im ganzen Südburgenland aufgebaut. Der Mörder war nicht aus dem Ort, sondern von der kroatischen Mafia. Ich kann mir überhaupt nicht vorstellen, dass es jemand aus Stinatz war. Das war sicher ein Fremder.“

„Das glaube ich nicht, Franz“, sagte die alte Frau Resetarits. „Also ich denke mir, dass die Anna, der Richard und der Dr. Farkas unter einer Decke gesteckt sind.“

Sifkovits hörte den Namen Dr. Farkas zum ersten Mal. Und er würde ihn heute nochmals hören. Frau Resetarits spann ihre Theorie weiter.

„Vielleicht ging es da um ganz was anderes. Weil der Farkas hat immer seine schmutzigen Geschäfte gehabt. Erinnert euch an Güssing!“

„Er wurde aber freigesprochen!", sagte Frau Grandits.

„Weil er einen guten Anwalt hatte", fügte Baba hinzu. Frau Resetarits deutete der Mafia, still zu sein und sie nicht in ihrem Monolog zu stören.

„Vielleicht wollten die da hinten bei der Claudia eine Verbrennungsanlage bauen – weil der Farkas ist ja der Präsident vom Müllverband. Die Bank hat das Grundstück zur Verfügung gestellt, weil es seit der Insolvenz vom Hansi ihr gehört. Und die Anna hat den Kontakt in den Osten hergestellt. Damit ein russischer Oligarch da investiert."

„So ein Blödsinn! Und warum wurde die Anna dann ermordet?", wollte Maikits wissen.

„Weil die Anna draufgekommen ist, dass dieses Geschäft schmutzig war. Deshalb hat sie der Richard ermordet. Ich hab nämlich gehört, dass er nicht die ganze Zeit bei der Hochzeitsgesellschaft war."

„Wo hast du das gehört, Hilda?", wollte Frau Grandits wissen.

„Die Doris hat es mir erzählt. Anscheinend – ich will niemanden anschwärzen –, aber eine Zeit lang war er nicht im Pfarrhof."

„Weil die Doris die ganze Zeit auf den Richard geschaut hat, oder wie?", hakte Frau Grandits nach.

„Komisch ist das trotzdem", verteidigte sich Frau Resetarits, um dann eine weitere Verdächtigung nachzuschieben.

„Denk dir nur, er mit seinem großen Auto. Weißt du, wie viele Leichen du dort hineinbringst?"

„Und was ist, wenn's der Wirt aus Unterlimbach war oder der behinderte Bruder?", lenkte Sifkovits' Mama die Verdächtigungen in eine andere Richtung.

„Geh, so ein Blödsinn, Mama. Der Bruder hatte ja gar kein Motiv."

„Oh, ja. Der hat noch nie eine Frau gehabt. Wurde vielleicht abgewiesen von ihr und dann hat er sie aus Enttäuschung erschlagen."

„Und wie hat er dann die Leiche zum Feld gebracht? Der hat ja nicht einmal einen Führerschein", sagte Sifkovits.

Im Innenhof von Maikits' Greißlerei hockten einige Einheimische unter einem Almdudler-Schirm und tranken Bier. Im Sommer war der Platz ein beliebter Treffpunkt. Man hatte sozusagen einen Gastgarten, Maikits machte mit Vorliebe Wurstsemmeln, bei denen die Wurst so dick geschnitten wurde wie in den 80er-Jahren, und die Getränke waren billiger als in den umliegenden Wirtshäusern.

Sifkovits beobachtete seinen Freund, der der illustren Gruppe weitere Flaschen Bier servierte. Irgendetwas stimmte nicht mit seinem Gang. Maikits ging sehr breitbeinig. Dann nahm sich Sifkovits eine Wurstsemmel vom Stapel und fuhr zum Haus von Richard Kirisits.

16.

„Sie können einem wirklich auf die Nerven gehen, Herr Sifkovits.“

Mit diesen Worten wurde der Kommissar von Richard Kirisits ins Wohnzimmer gebeten.

„Es dauert nicht lange. Nur eine kurze Frage.“

„Dann ist es ja überflüssig, dass wir uns setzen.“

In Kirisits’ Worten lag eine gehörige Portion Nachdruck. Er ließ keinen Zweifel darüber aufkommen, dass dieses Gespräch kein langes sein würde.

„Haben Sie Ihr Auto gewaschen?“, wollte Sifkovits wissen.

„Deshalb sind Sie hergekommen?“

„Nein. Ich hab’s mir nur gedacht, als ich daran vorbeigegangen bin. Ich überlege ja auch schon sehr lange, mir was Neues zu kaufen.“

„Ich glaube, dieser Wagen liegt etwas über Ihrem Preisniveau, Herr Inspektor.“

Kirisits hatte natürlich recht. Sifkovits blickte durchs Fenster auf den wie aus dem Ei gepellten Mercedes G.

„Ich war heute Vormittag auf der Baustelle von Herrn Horvat, den Sie ja auch kennen. Er hat mir ein paar Muster für die Fassade gezeigt. Danach habe ich den Wagen reinigen lassen. Innen und außen. Picobello.“

Sifkovits musste unweigerlich an seinen schreienden Vorgesetzten denken. „Was habe ich Ihnen gesagt, Herr Sifkovits. Kofferraum überprüfen!“, würde er ihm ins Gesicht donnern.

„So. Was wollen Sie jetzt?“, sagte Kirisits schroff.

„Ich wollte Sie nur noch einmal fragen, ob Sie wirklich die ganze Zeit auf der Feier anwesend waren."

„Diese Frage habe ich bereits mit Ja beantwortet."

„Es ist nur etwas komisch, weil es eine Zeugin gibt, die behauptet, dass Sie kurz weg waren."

Sifkovits rechnete mit einem Donnerwetter, doch Richard blieb erstaunlich gefasst.

„Wer ist diese Zeugin?"

„Das darf ich Ihnen nicht sagen."

„Ich finde es sowieso heraus."

Judith, Kirisits' Frau, kam auf die beiden zu.

„Sag ihm die Wahrheit, damit das endlich aufhört."

„Was soll ich ihm sagen?", fragte er.

„Dass du weg warst, nachdem die Anna entführt worden ist."

Richard Kirisits blickte in vier Augen, die auf eine Antwort warteten. Es herrschte plötzlich eine angespannte Atmosphäre. Die Augen von Judith Kirisits verengten sich, ihr Mund war verkniffen.

„Wo warst du?", brüllte sie ihren Mann plötzlich an.

Richard Kirisits setzte sich ganz langsam auf das mächtige Chippendale Sofa. Er faltete seine Hände wie bei einem Gebet und begann, seine beiden Daumen in entgegengesetzte Richtungen zu drehen.

„Es stimmt. Ich war einige Zeit weg. Ich habe mit meinem alten Freund Dr. Farkas eine Zigarre geraucht. Hinten beim Reisebüro, wo uns keiner sehen konnte. Dr. Farkas kann das bezeugen."

Judith zeigte sich über die Aussage enttäuscht, sie war immer noch wütend.

„Richard, wie oft haben wir darüber gesprochen? Gibt es

nicht schon genug Tote in unserer Familie?“ Dann verließ sie schnaubend den Raum.

„Ich habe drei Bypässe und fünf Stents in meinem Herz. Mein Arzt hat mir jeglichen Tabakkonsum strengstens untersagt. Ich habe dem Tod bereits zwei Mal ins Auge geblickt. Eine Zigarre zu rauchen, ist so ziemlich das Schlechteste, was ich in meinem gesundheitlichen Zustand tun kann. So. Jetzt wissen Sie es. Geht's Ihnen jetzt besser?“

Sifkovits suchte nach Worten.

„Verzeihung, Herr Kirisits, das wusste ich nicht.“

Mehr fiel ihm dazu nicht ein.

„Ja, ja. Meine Frau wird sich jetzt wieder furchtbare Sorgen machen. Und jetzt verschwinden Sie aus meinem Haus!“

Nachdem Sifkovits die Villa verlassen hatte, tippte Richard Kirisits eine SMS, deren Empfänger bald auf einen Inspektor Sifkovits treffen würde.

17.

Das Handy vibrierte in seiner Hose. Dr. Farkas hatte eine Nachricht von seinem Freund Richard auf dem Display.

„Es wird ein komischer Polizist zu dir kommen. Er ist harmlos. Sag ihm, dass wir auf der Hochzeit zusammen eine Zigarre geraucht haben. Hinten beim Reisebüro. Alles weitere später. Richard."

Dr. Farkas ließ das Handy wieder in seine Hose gleiten.

18.

„Servus, Schiffi, deine Schwester ist heute schon fertig mit der Arbeit“, sagte Melanie Blaskovits, die Besitzerin des Reisebüros, zum Inspektor.

„Ich bin ja auch wegen dir gekommen!“

„Ach so, ich dachte, du bist verheiratet?“

Melanie war eine attraktive junge Frau Anfang dreißig. Ihre Eltern hatten das Reisebüro in den 70er-Jahren gegründet. Damals lief das Geschäft hervorragend: viele Autobusfahrten nach Ungarn, Ausflüge nach Wien zu Musicals und für die Mutigen ein Flug nach Griechenland. Heutzutage habe man es schwer, weil die meisten im Internet buchen würden. Die Kundschaft, die noch in ein Reisebüro ging, war, so wie die Kundschaft, die sich noch CDs kaufte, eher alt. „Jedes Jahr sterben uns ein paar Kunden weg“, sagte Melanie manchmal im Scherz.

Sifkovits fragte, ob er sich draußen etwas umschauen dürfe.

„Klar. Ist alles ok?“

„Ja, ja. Alles ok!“

„Furchtbar, das mit dem Robert und der Anna!“, sagte Melanie.

„Ja, ja, furchtbar.“ Dann war Sifkovits schon wieder verschwunden.

Die Hinterseite des Reisebüros bot eine gute Möglichkeit, sich zu verstecken. Man konnte durch einen Spalt im Holzzaun den Pfarrhof sehen. Es gab kein Licht und das angrenzende Haus stand leer.

Als Melanie zu Sifkovits nach hinten kam, sah sie den Inspektor auf allen Vieren durch die Wiese krabbeln.

„Alles in Ordnung, Schiffi?"

Er erhob sich etwas ungeschickt.

„Sag einmal, wurde die Wiese seit der Hochzeit einmal gemäht?"

„Nein. Warum?", fragte Melanie.

„Nur so. Wenn meine Frau aus Kenia zurückkommt, dann buchen wir eine Reise bei dir."

Mit diesen Worten verabschiedete sich der Inspektor. Melanie wusste, dass das nicht stimmte.

19.

Das Anwesen von Dr. Farkas glich dem der Familie Kirisits. Sifkovits wurde von der Frau des Doktors freundlich begrüßt und in einen Salon geführt. Dort stand Dr. Farkas vor einem großen Panoramafenster und beobachtete Vögel.

„Schatz, da ist jemand von der Polizei, der dich sprechen möchte", sagte die Frau.

„Bitte, er soll hereinkommen."

„Bin eh schon da", sagte Sifkovits.

Dr. Farkas war ein hagerer Mann mit grauem Haar. Er trug einen Leinenanzug und weiße Leinenschuhe. Er war ein eleganter und sehr gepflegter Mann.

„Bitte nehmen sie Platz Herr …"

„Sifkovits."

Dr. Farkas bewegte sich langsam und sehr vorsichtig. Obwohl er eher groß gewachsen war, benutzte er ein dickes Kissen als Sesselunterlage. Sifkovits vermutete, dass er Probleme mit seinem Kreuz hatte.

Seine Frau war attraktiv und um einiges jünger.

„Braucht ihr mich?", fragte sie.

„Nein, Schatz, danke", antwortete Farkas.

Sie ließ die beiden Herren allein.

„Was führt Sie zu mir, Herr Sifkovits?"

„Sie haben wahrscheinlich schon gehört, dass Anna Jusic, die Schwiegertochter von Judith und Richard Kirisits, am Tag ihrer Hochzeit ermordet wurde."

„Ja, natürlich. Der Richard ist ein Freund von mir."

„Das heißt, Sie haben auch privat Dinge unternommen?"

„Wir sind nicht gemeinsam auf Urlaub gefahren, wenn Sie

das meinen, aber uns verbindet die Leidenschaft für die Jägerei. Die eine oder andere Golfpartie in Stegersbach wurde ebenfalls gespielt. Natürlich haben sich unsere Wege auch beruflich gekreuzt. In unseren Positionen passiert das einfach. Für mich als Präsident des burgenländischen Müllverbands ist es unerlässlich, mit diversen Banken zusammenzuarbeiten."

„Das ist ganz klar", bestätigte Sifkovits die Ausführungen seines Gegenübers. „Herr Kirisits hat mir erzählt, dass Sie auch auf der Hochzeit waren."

„Richtig. Meine Frau und ich waren auch eingeladen. Es war ein schönes Fest, alle waren da, wir haben viele Bekannte getroffen. Die Tamburizzagruppe hat gespielt, die Tische haben sich gebogen und es gab sündhaft gute Mehlspeisen. Alles in allem war es bis zum Verschwinden der Braut eine wunderschöne und ausgelassene Feier. Der Richard war ja sehr stolz auf seinen Sohn, er war ein ausgezeichneter Wirtschaftsmann. Aus ihm hätte viel werden können.

Das Ableben vom Robert hat mich schwer getroffen. Ich kenne ihn, seit er ein Kind war. Noch dazu so ein tragischer Unfall. Das hätte nicht passieren dürfen!

Seine Braut kannte ich nicht so gut. Wir hatten kaum Kontakt. Manchmal sind die Entscheidungen von unserem Herrgott nicht nachvollziehbar."

Farkas blickte aus dem Fenster. Ein wunderbarer Blick auf den Ort Bernstein eröffnete sich.

„Sind Sie auch am Tisch der Familie gesessen?"

„Nein. Ich saß mit meiner Frau woanders. Es war eine nette Tischgesellschaft. Soweit ich mich entsinne, ist dann der Richard kurz nach der Brautentführung zu mir gekommen und hat mich gefragt, ob wir gemeinsam eine Zigarre rauchen sollten. Schon mit dem Zusatz, sie nicht hier zu rauchen, sondern hinten beim Reisebüro. Ich vermute, dass er nicht von seiner Frau gesehen werden wollte, er soll ja nicht rauchen! Ja, und nachdem wir die Zigarre fertig geraucht hatten, sind wir wieder zurück zur Hochzeitsgesellschaft gegangen. Dann haben wir erst erfahren, dass die Braut verschwunden ist. Wir haben uns an der Suche beteiligt. Nach einiger Zeit wurde dann die Polizei verständigt."

Sifkovits stand auf und ging zum Panoramafenster.

„Wahnsinn. Ihre Aussicht ist atemberaubend. Bernstein ist wirklich eine schöne Gegend. Ich lebe ja im Nordburgenland, ist auch schön, aber das Flache dort schlägt sich mir oft aufs Gemüt. Vielen Dank für Ihre Zeit."

„Kein Problem, Herr Inspektor. Scheuen Sie sich nicht, mich jederzeit zu kontaktieren, falls Sie Hilfe brauchen."

Sifkovits schob die Visitenkarte in seine Hosentasche, dann verabschiedete er sich von Dr. Farkas.

„Entschuldigen Sie, eine letzte Frage noch."

„Ja bitte, Herr Inspektor?"

„Als Sie mit der Zigarre fertig waren, wo haben Sie den Stummel hingeworfen?"

Dr. Farkas überlegte.

„Ich weiß zwar nicht, warum das von Bedeutung sein soll, aber soweit ich mich erinnere, hat ihn Richard auf den Boden geworfen und mit dem Schuh abgedämpft."

„Vielen Dank!", sagte Sifkovits und verließ den Salon.

Ungefähr zur gleichen Zeit war das Bankerl der Kopftuchmafia nur mehr zur Hälfte besetzt. Hilda Resetarits hatte sich zurückgezogen, um einen Nachmittagsschlaf zu machen. Maikits war im Innenhof bei seinen Gästen.

„Baba, ich möchte dich nicht beunruhigen und auch keine bösen Gerüchte streuen, aber soweit ich mich erinnern kann, war die Lisa nach der Brautentführung auch eine Zeit lang weg."

„Pscht, Resl. Über das reden wir nicht, und schon gar nicht mit meinem Sohn!", sagte Sifkovits' Mutter in strengem Ton.

20.

Sifkovits wachte spät auf. Die Uhr zeigte kurz nach halb elf. Der Schlafentzug der letzten Tage hatte seinen Tribut gefordert. Er schälte sich umständlich aus dem Bett und schaute auf sein Handy. Sieben Anrufe in Abwesenheit. Zwei davon stammten von einer Nummer, die er nicht kannte, die anderen waren von seinem Vorgesetzten. Schlaftrunken schlurfte er durch die Zimmer in die Küche.

„Guten Morgen, Schlafmütze“, wurde er von Baba begrüßt. Mütter blieben immer Mütter.

Sie saß auf einem Stuhl in der Küche und ließ sich von Patricia Horvat, Frecos Frau, die Haare machen.

„Morgen, Schiffi. Du bist dann gleich der Nächste!“, sagte Patricia zum verschlafenen Inspektor.

„Heute ist das Begräbnis vom Robert, da brauch ich schon eine ordentliche Frisur.“ Seine Mutter ließ sich vor jedem Begräbnis die Haare machen.

Sifkovits hatte ganz auf das Begräbnis vergessen. Er musste hingehen, hatte aber keinen Anzug dabei.

„Nimm dir einen vom Papa aus dem Kasten“, hatte seine Mutter gesagt. Da er keine große Lust hatte, nach Eisenstadt in seine Wohnung zu fahren, blieb ihm keine andere Wahl. Zugegeben, der Anzug war ihm etwas zu groß, aber mit einigem Augenzwinkern hatte Sifkovits’ Erscheinung im 80er-Jahre-Outfit auch eine gehörige Portion Charme.

„Und, was machen wir mit deinen Haaren?“, fragte ihn Patricia, als er an der Reihe war.

„Einfach schneiden.“

„Schon klar, das ist auch höchste Zeit, aber ich meine, ob

wir vielleicht ein bisschen was Moderneres mit deiner Frisur machen?“

Patricia zeigte ihm am Handy einige Möglichkeiten. Mit den Frisuren konnte Sifkovits überhaupt nichts anfangen, als dann noch aufblondierte Köpfe ins Spiel kamen, wurde es ihm zu viel.

„Patricia, ich glaube, das ist nicht mein Stil. Meine Frau mag's auch eher klassisch. Die wäre sicher nicht begeistert von einer solchen Frisur. Ich würde sagen, du schneidest einfach alles, was zu lang ist, und ich rede mit meiner Frau über eine mögliche Typveränderung. Fürs nächste Mal.“

Patricia gab sich noch nicht geschlagen.

„Dann lass mich wenigstens den altmodischen Seitenscheitel wegnehmen.“

„Ich hab ja sowieso immer die Mütze auf. Deine ganze Arbeit wäre umsonst“, versuchte der Inspektor die Frisörin zu überzeugen.

Trotz seines Protests musste er Haare lassen und wurde neu gestylt. Als sich Sifkovits im Spiegel betrachtete, musste er feststellen, dass die Haare sehr kurz waren.

„Und? Was sagst?“, wollte Patricia von ihm wissen.

„Ja. Es ist halt einmal was anderes“, gab Sifkovits eine freundlich verzwickte Antwort.

„Fesch bist. Du schaust gleich zehn Jahre jünger aus“, posaunte seine Mutter. Sie neigte gerne zu Übertreibungen und zehn Jahre waren es auf keinen Fall. Höchstens zwei, dachte Sifkovits.

„Patricia, was bin ich dir schuldig?“, wollte Sifkovits wissen.

„Du bist eingeladen.“

„Nein, das will ich nicht!“, protestierte der Inspektor.

Doch insgeheim war er froh, dass er für diese Frisur nicht auch noch zahlen musste.

Patricia verabschiedete sich mit dem Hinweis, dass sie einander ohnehin bald wieder sehen würden.

Baba saugte die abgeschnittenen Haare mit ihrem überdimensionalen Staubsauger zusammen. Sie hatte ihn damals von einem Vertreter gekauft und er war, wie versprochen, sehr robust. Der Staubsauger brauchte zwar die dreifache Menge Strom, aber er lief und lief. Die Auffangsäcke konnte man schon lange nicht mehr im Geschäft kaufen, doch Baba hatte ihre Kontakte. Der alte Tischler fuhr immer wieder nach Ungarn, dort bekam man zumindest eine passende Kopie davon.

„Das ist so eine liebe Person, die Patricia. Die hat's auch nicht leicht."

„Warum? Wegen dem Freco?", wollte Sifkovits wissen.

„Nein. Der Freco ist schwer in Ordnung. Der hat's ja genauso schwer."

„Warum haben es die beiden schwer?"

„Weil sie keine Kinder kriegen können. Dabei hätten sie so gerne welche."

„Der Freco hat mir gesagt, dass sie keine wollen", zeigte sich Sifkovits überrascht.

„Ja, das ist das, was er den Leuten erzählt. Aber jeder im Ort kennt die Wahrheit. Die Patricia hatte schon in jungen Jahren Gebärmutterkrebs. Damit war's vorbei mit Kindern."

„Warum haben sie keines adoptiert?", wollte Sifkovits wissen.

„Man merkt wirklich, dass du schon lange aus Stinatz weg bist. Was glaubst du, wie die Leute sich das Maul über die beiden zerrissen hätten? Es genügt schon, dass jeder im Ort über ihre Unfruchtbarkeit Bescheid weiß."

„Hast du sie schon einmal deswegen angesprochen?", bohrte Sifkovits nach.

„Nein. So was tut man nicht!"

Babas Worte klangen sehr bestimmt. Sifkovits wusste, dass natürlich auch keiner der anderen Dorfbewohner mit der Familie Horvat darüber sprach.

Er nahm sich eine Tasse heißes Wasser, den Waldhonig vom Nachbarn und wählte vorerst einmal die ihm unbekannte Nummer. Zum Telefonieren ging er in sein Zimmer.

Am anderen Ende der Leitung hatte Sifkovits einen Kollegen aus Innsbruck. Die Informationen, die er für den Ermittler hatte, waren ernüchternd und warfen erneut einige Fragen auf.

„Aha", sagte Sifkovits in sein Klapphandy, „das Blut hat zwar dieselbe Blutgruppe, aber nicht dieselbe DNA?"

„Richtig, Herr Inspektor. Das Blut aus dem Kofferraum des Mercedes G kann unmöglich von der ermordeten Braut stammen", sagte der Kollege am anderen Ende von Österreich.

„Danke Ihnen!" Enttäuscht klappte Sifkovits sein Handy zu.

Er kratzte sich am Kopf. Die neue Frisur bot weniger Widerstand. Sofort setzte er seine Ballonmütze wieder auf. Er kam nicht mehr dazu, sein Handy in die Tasche zu stecken, weil es erneut Schuberts „Unvollendete" spielte. Das war der einzige Klingelton, den Sifkovits halbwegs akzeptieren konnte.

„Warum haben Sie nicht abgehoben?", blaffte Taschner, sein Vorgesetzter, ins Telefon.

„Ich hatte das Handy auf lautlos", log Sifkovits.

„Wie können Sie in einer laufenden Ermittlung Ihr Handy stumm schalten? Sind Sie noch zu retten? Wissen Sie, was sich in der Zwischenzeit herausgestellt hat?“, fauchte Taschner.

„Das waren jetzt drei Fragen Herr Oberst. Die letzte kann ich beantworten.“

„Nicht lustig sein, Sifkovits! Sie wissen, dass das Blut nicht von der Braut stammt?“, wollte sein Vorgesetzter wissen.

„Ja“, antwortete Sifkovits knapp.

„Und was jetzt?“, wollte Taschner wissen.

„Na ja, ich werde versuchen herauszufinden, von wem das Blut stammt und vor allem, wie es in den Wagen von Richard Kirisits gelangt ist.“

Sifkovits hörte, wie Taschner heftig schnaufte.

„Glauben Sie, ich bin so blöd, dass ich auf diese Idee nicht selbst gekommen wäre?“

Du Idiot, dachte Sifkovits, sprach es aber natürlich nicht aus.

„Sie haben Blut in dem Fahrzeug eines Verdächtigen gefunden. Menschenblut. Es wäre höchst an der Zeit, Herrn Kirisits offiziell vorzuladen, um ihn zu verhören“, sagte Taschner mit Nachdruck.

„Ja, Herr Oberst, ich bin ganz Ihrer Ansicht, aber Sie waren ja noch nie in Stinatz.“

„Ich bin einmal durchgefahren. Das hat mir gereicht“, entgegnete Taschner.

„Eben“, sagte Sifkovits. „Es ist ein wunderschöner Ort. Ein ruhiges Dörfchen. Sie kennen sicher den Spruch, dass die Europäer die Uhr haben und die Afrikaner die Zeit?“

„Ja? Und was soll mir das jetzt sagen?“, wollte Taschner wissen.

„In dem Fall sind die Stinatzer eher die Afrikaner. Positiv gemeint. Wenn man Dinge zu schnell angeht, passiert vielleicht ein Missgeschick. Vom Hudeln kommen die Kinder."

Sein Vorgesetzter unterbrach ihn. „Kommen Sie zum Punkt, Sifkovits!"

„Ich glaube, es ist besser, wenn wir noch nicht zu viel Staub aufwirbeln. Wenn Sie mir noch ein wenig Zeit geben, würde ich es gerne auf meine Art versuchen."

Am anderen Ende war es kurz still.

„Herr Oberst?", fragte Sifkovits nach.

„Hören Sie mir zu, Sifkovits. Wir haben keine Tatwaffe. Wir haben kein Motiv. Wir haben Blut in einem Auto gefunden, das möglicherweise einem weiteren Opfer zuzuschreiben ist, und das Handy der Ermordeten ist bis dato auch nicht aufgetaucht. Und Sie wollen mir jetzt ernsthaft weismachen, dass wir nichts unternehmen sollen?"

Nun war Sifkovits kurz still. Bis er sich zu einer knappen, aber ehrlichen Antwort durchringen konnte.

„Ja, Herr Oberst."

„Ah so. Ja, klar!", sagte der Oberst zynisch. „Wir haben nix. Und sollen einfach einmal nix machen. Das ist also Ihre Methode. Gratuliere."

Sifkovits versuchte abermals, Taschner umzustimmen.

„Heute findet die Beerdigung von Robert Kirisits statt. Lassen Sie mich vorerst noch dort hingehen, und wenn mir dort etwas Verdächtiges auffällt, werde ich sofort in diese Richtung ermitteln."

„Und wenn Ihnen nichts auffällt?", bohrte Taschner nach.

„Dann werde ich den Richard Kirisits vorladen. Bitte verstehen Sie das. Herr und Frau Kirisits begraben heute ihren Sohn."

Taschner dachte kurz daran, wie es wäre, seine Tochter zu verlieren. Das Furchtbarste, was einer Mutter und einem Vater passieren konnte. Lebensstationen seiner Tochter blitzten durch seinen Kopf. Er sah ihren ersten Augenaufschlag nach der Geburt, er sah die ersten Schritte im Garten, er sah, wie sie auf seinem Bauch einschlief. Er sah, wie er in der Früh ins Kinderzimmer kam, und hatte augenblicklich den süßen Babygeruch in seiner Nase, der Unschuld und Zukunft verströmte.

„Bis morgen früh haben Sie Zeit", hörte Sifkovits seinen Vorgesetzten sagen, „dann will ich ein Ergebnis haben. Verstanden?"

Sifkovits bejahte. Seine Stimme klang freudig und auch etwas erleichtert.

„Liefern Sie mir was", fügte Taschner sofort hinzu, „ansonsten sehe ich mich gezwungen, Sie vom Fall abzuziehen und den Kollegen Berner nach Stinatz zu schicken."

„Sie können sich auf mich verlassen, Herr Oberst!", versicherte der Inspektor.

„Und noch was, Sifkovits! Das ist meine letzte Warnung …"

Sifkovits wusste sofort, worum es ging, deshalb ließ er Taschner den Satz nicht zu Ende sprechen.

„Ach, die Waffe." Er schlug sich reflexartig auf den Kopf. „Aber sehen Sie es so, Herr Oberst. Bis jetzt hätte ich sie ohnehin nicht gebraucht."

„Morgen! Sifkovits! Ergebnisse! Wiederhören." Taschner legte auf.

Der Inspektor klappte sein Handy zu und leerte seinen Käsepappeltee in einem Zug. Er schlenderte zurück in die Küche. Seine Mutter hatte unterschiedlichste Kleider über einen Sessel gehängt. Sie war gerade dabei, das passende Outfit für das Begräbnis zu suchen. Natürlich kam ihr Sohn in den Genuss, seine Mutter zu beraten.

„Ah, da bist du!", sagte Baba, als Sifkovits die Küche betrat. „Wo warst du so lange?"

„Ich habe telefoniert, Mama", antwortete ihr Sohn.

„Mit deiner Frau?"

„Nein, beruflich. In Kenia gibt's noch Roaming-Gebühren. Das wäre viel zu teuer." Nachdem Sifkovits seiner Mutter verzweifelt zu erklären versucht hatte, was Roaming-Gebühren sind, schwenkte sie auf ein wichtigeres Thema um. Sie hielt ihm ein Kleid vor die Nase.

„Was meinst du? Ich kann mich nicht entscheiden. Soll ich vielleicht dieses Kleid zur Beerdigung anziehen?", wollte seine Mutter wissen. Sifkovits betrachtete das Kleid und zuckte mit den Achseln.

„Ja … warum nicht?", gab er seiner Mutter als Antwort. Sie fühlte sich bestärkt und setzte zu einer ihrer geliebten nostalgischen Erzählungen an.

„Weißt eh, das hab ich damals getragen, wie's den alten Adam eingegraben haben. Mein Gott, so schlecht ist es ihm am Schluss schon gegangen. Der hat so einen schlimmen Parkinson gehabt und gegen Ende hat er nicht einmal mehr seine eigene Frau erkannt. Wobei, die Liesl ist ein Drachen gewesen, vielleicht war es gar nicht so schlecht für den Adam."

Seine Mutter ging in das angrenzende Schlafzimmer und hielt sich das Kleid vor.

„Aber weißt du, dass er nicht wegen seiner Krankheit gestorben ist?", rief seine Mutter aus dem Nebenraum.

„Sondern?", fragte Sifkovits mäßig interessiert nach.

„Er ist an einer Fischgräte erstickt. Er hat ja schon so gezittert, die hätten ihm keinen Fisch geben dürfen. Höchstens ein Fischstäbchen."

„Tragisch", sagte ihr Sohn in derselben Stimmung, während er sich die Parte seines Vater durchlas, die dort für alle sichtbar über dem Küchentisch angebracht war. Baba kam zurück in die Küche. Ihr Gesichtsausdruck wirkte etwas unentschlossen.

„Schatzl, ich kann das Kleid nicht anziehen", sagte sie zu Sifkovits, „das Begräbnis vom Adam war letztes Jahr im Winter, die Leute kennen das Kleid. Dann heißt es gleich, dass die Baba immer dasselbe Kleid zu Beerdigungen anzieht." Sie schnappte sich ein anderes, das über dem Sessel hing, und zeigte es ihrem Sohn.

„Und was wäre mit dem?"

Sifkovits sah sich das Kleid lange an, ohne etwas zu sagen. Seine Mutter hatte folglich eine eigene Interpretation seines Schweigens.

„Hast recht. Das ist vielleicht ein bissl zu streng für ein Begräbnis. Weil, du siehst es eh, oben beim Hals ist es gar ein wenig eng. Das sperrt mir die Luft ab. Dann können s' gleich ein zweites Loch schaufeln."

Sie griff zu einem dritten Kleid. „Und was sagst du zu diesem?" Sifkovits versuchte, so pragmatisch wie möglich zu bleiben.

„Na ja, es sind alle schwarz!"

„Ja, klar!", sagte Baba in bestimmtem Ton, „Ich kann ja nichts Buntes anziehen. Auf einer Beerdigung darf man nicht herumlaufen wie ein Pavian."

„Es tut mir wirklich leid, Mama. Aber ich sehe zwischen den Kleidern keinen Unterschied." Seine Mutter klärte ihn darüber auf, dass ihm einfach der Blick für das Wesentliche fehle. Zwischen Schwarz und Schwarz gab es ihrer Ansicht nach bedeutende Unterschiede. Baba hatte eine weitere Idee, was ihre Kleidung für die Beerdigung betraf.

„Hör zu, Spatzl. Wenn du den Anzug vom Papa anziehst, dann könnte ich vielleicht das Kleid anziehen, das ich beim Papa seiner Beerdigung anhatte. Dann würden wir ein einheitliches Bild abgeben. Das habe ich schon lange nicht mehr getragen“, zeigte sich Baba über ihre Idee erfreut. Sifkovits nahm ihr sofort den Wind aus den Segeln.

„Aber wenn du das Kleid am Begräbnis vom Papa getragen hast, würde ich es nicht anziehen. Gerade da haben die Leute auf dich und auf dein Kleid geschaut.“

Frau Sifkovits nickte einsichtig.

„Ah jo. Da hast auch wieder recht, weil die Resl kennt's sicher. Die hat mich dann sogar auf das Kleid angesprochen.“

„Eben. Und die anderen auch, Mama.“

Wenn Baba angestrengt nachdachte, schaute sie immer nach oben, als würde sie auf eine Eingebung warten. Sie schien gekommen zu sein, denn nach kurzer Zeit purzelte ein „Jetzt hab ich's!“ aus ihrem Mund.

„Ich nehme das Kleid, das mir die Silvia aus Oberwart mitgebracht hat. Das ist ein schönes Kleid.“ Mama Sifkovits kramte es unter dem Haufen von schwarzen Pietätsbekundungen hervor. Sifkovits konnte auch hier keinen wesentlichen Unterschied erkennen.

„Wennst denkst, das hat nur 39,90 Euro gekostet. Schaut aber aus wie ein 150-Euro-Kleid“, sagte seine Mutter voller Stolz. „Ich hab's eh noch nie angehabt. Ist halt doch jugendlicher. Aber das passt gut, weil der Robert, Gott hab ihn selig, war ja auch ein junger Mensch.“

Sifkovits' Mutter hatte offensichtlich eine Entscheidung getroffen. Um seine Tätigkeit als Modeberater beenden zu können, bestärkte Sifkovits seine Mutter in ihrer Entscheidung.

„Ja! Das aus Oberwart ist das beste, Mama. Eindeutig. Gut, dass wir uns so viele angeschaut haben."

Baba freute sich über die Unterstützung ihres Sohnes. Sie wollte gerade wieder ins Schlafzimmer gehen, doch ihr Sohn hielt sie zurück.

„Mama, bevor wir jetzt das gleiche Spiel mit deinen Schuhen machen, hätte ich noch eine Bitte: Kannst du mir was zu essen machen?"

Frau Sifkovits antwortete überdurchschnittlich schnell und mit einem Nein. Es war das erste Mal, dass Sifkovits diese Antwort auf die zuvor gestellte Frage bekam. Üblicherweise liefen ihre Dialoge folgendermaßen ab:

Baba: „Hast du Hunger?"

Sifkovits: „Nein!"

Baba: „Gut. Ich koch dir was!"

Diesmal war die Antwort mehr als eine Überraschung für den Inspektor.

„Nein, Spatzl, unmöglich. Ich habe noch so viel zu tun. An einem Tag wie heute kann ich mich nicht an den Herd stellen. Ich muss noch die Kerzen aussuchen, dann muss ich zur Resl rüber, um ihr bei ihrem Kleid zu helfen, dann muss ich zur Hilda, weil die kriegt um 13.00 Uhr den bestellten Kranz, und du weißt, dass die dort in der Gärtnerei oft unsauber arbeiten. Da gibt's einen neuen Lehrbuben. Der ist kein Krowod und weiß nicht, was ein Begräbnis in Stinatz bedeutet. Geh rüber zum Maikits und hol dir eine Wurstsemmel."

Sifkovits verstand sofort.

In Stinatz wird seit jeher ein Totenkult betrieben, der seinesgleichen sucht. Sehr feierlich! Eine Beerdigung ist so was wie der Life Ball in Stinatz. Es geht um Sehen und Gesehen-Werden. Und wehe, jemand der eine Parte bekommen hat, fehlt. Egal aus welchem Grund und sei es, weil momentan im Urlaub auf Karpathos oder sonst wo. Auf ein Begräbnis hatte man zu gehen. Punkt.

Die Aufbahrungshalle in Stinatz ist technisch besser ausgestattet als der Kindergarten. Von den Sesseln und Bänken ganz zu schweigen. Immerhin ist es der letzte Ort, wo man den verstorbenen Menschen noch einmal zu Gesicht bekommt. Natürlich haben alle Särge, soweit es der Zustand der Leiche erlaubt, ein Sichtfenster – bei Robert war das nicht der Fall. Nach der Nacht in der Aufbahrungshalle, wo alle gebührend Abschied nehmen, geht der Staffellauf erst richtig los. Der Sarg wird anschließend in die Kirche gebracht. Dort wird eine Messe gelesen, danach geht es unter lauten und teilweise auch schrägen Tönen des Musikvereins im Schritttempo durch das ganze Dorf, um dann am Friedhof, Seite an Seite, bei bedeutungsschwangeren Worten des Pfarrers nochmals wirklich Abschied zu nehmen. Wird der Sarg danach in die Erde gelassen, erweist die Trauergemeinde dem oder der Verstorbenen nochmals ihren Respekt und nimmt … Abschied.

Anschließend marschiert die Trauergemeinde meistens ins Wirtshaus Stinatzerhof gegenüber vom Friedhof, um dort bei einem Leichenschmaus des oder der Verstorbenen zu gedenken und eventuell auch wirklich ein letztes Mal Abschied zu nehmen.

Nach der Beerdigung wird über das Essen, die Worte des Pfarrers, das Fernbleiben einiger Personen und das Kleid von … (Name egal) diskutiert. Der oder die Verstorbene spielt dabei keine große Rolle, denn man hat sich ja schon oft genug verabschiedet.

Sifkovits blieb keine andere Wahl, als über die Straße zu gehen, um sich von seinem alten Freund Maikits eine Extrawurstsemmel richten zu lassen. Also quasi den Big Mac der Dorfgemeinschaft. Der einzige Unterschied zum köstlichen Fast-Food-Burger bestand darin, dass man von Maikits' Semmel wirklich satt wurde und das Gurkerl darin gut schmeckte.

Der Inspektor verabschiedete sich von seiner Mutter, um den Weg über die Straße anzutreten. Frau Sifkovits hatte aber noch etwas auf dem Herzen.

„Was machst du morgen?", wollte seine Mutter wissen.

„Ermitteln. Was sonst, Mama?"

„Ja, das verstehe ich. Aber morgen musst du bitte zum Penny fahren, weil da ist das Klopapier im Angebot. Die Hilda wird dich sicher auch darauf ansprechen."

Sifkovits drehte sich zu seiner Mutter. Der ungelöste Fall belastete ihn, er dachte an die Rüge seines Vorgesetzten.

„Mama, wie stellst du dir das vor?"

Seine Mutter zeigte sich unbeeindruckt von seiner Frage.

„Tu nicht so. Klopapier wird nicht schlecht. Wenn du mir morgen genug mitbringst, komm ich den Winter durch. Danach kannst eh ermitteln."

Sifkovits willigte ein, hatte aber nicht mit einer neuen Idee seiner Mutter gerechnet.

„Oder weißt was, Spatzl? Ich fahre mit!"

Im Kopf des Inspektors schrillten alle Alarmglocken, dennoch gab er seiner Mutter zu verstehen, dass sie morgen nach Stegersbach fahren würden. Baba hatte nie einen Führerschein gemacht.

Früher erledigte diese Besorgungen ihr Mann. Heute war man auf jemanden anderen angewiesen. Im besten Fall den eigenen Sohn. Sifkovits dachte kurz an seine Schwester. Die könnte das doch auch machen. Sein Hunger verhinderte, dass er die Schwester-Karte ausspielte.

„Ist gut Mama. Bis später." Er ging durch die Tür.

Bis Sifkovits am Holztor angelangt war, das zur Straße führte und gewissermaßen seine Rettung bedeutete, empfing er noch folgende Informationen aus der Küche: „Und vergiss nicht! Um 14.00 Uhr beginnt die Messe. Dann gehen wir alle gemeinsam zum Friedhof, weil um 15.12 Uhr lassen s' ihn runter. Und danach gibt's im Stinatzerhof beim Leichenschmaus ein Gulasch. Das macht die Katrin, also wird es sehr fett sein, deshalb solltest du jetzt nicht zu viel essen."

„Mach ich, Mama!", hallte es durch die bäuerliche Küche von Frau Sifkovits.

Der Inspektor war selten glücklicher als zu dem Zeitpunkt, da er Maikits vor seinem Laden gegenüberstand. Natürlich wusste er da noch nicht, dass erstens die Semmel sehr trocken sein und zweitens sein alter Schulfreund eine Idee in Sifkovits' Kopf zünden würde, die sich für die laufende Ermittlung als wichtig erweisen sollte. Sehr wichtig sogar!

21.

Extrawurstsemmel kauend saß Sifkovits am Bankerl gegenüber von seinem Elternhaus. Maikits hatte wieder ein paar Gäste im Innenhof. Auch David, der Pfarrer, war anwesend. Er genehmigte sich ein kleines Bier, um etwas lockerer zu werden. Heute würden viele Leute auf dem Friedhof sein und er wollte die Abschiedszeremonie feierlich gestalten. Maikits kam aus seinem Laden und ging breitbeinig auf seinen Freund zu. Er setzte sich ganz vorsichtig auf zwei Polster, die er auf dem Bankerl platziert hatte. Mit leicht schmerzverzerrtem Gesicht sank Maikits nieder.

„Was is, Schiffi? Magst du dich nicht in den Hof setzen?", fragte er den Inspektor.

„Später. Ich möchte noch in Ruhe fertig essen", antwortete Sifkovits.

„Wie schmeckt dir die Semmel?", wollte Maikits wissen.

Eigentlich wollte Sifkovits antworten, dass die Semmel zu trocken, die Wurst viel zu dick geschnitten sei und der Käse zu sehr schwitze. Stattdessen gab er ein gezwungenes „Sehr gut" als Antwort.

„Was ist los mit dir? Du gehst so komisch. Tut dir was weh?", fragte Sifkovits den Chef der Greißlerei.

„Ah, wie soll ich dir das sagen …" Sifkovits erkannte, dass Maikits sich mit der Antwort schwertat, weil sie ihm offensichtlich unangenehm war.

„Sag's grad raus. Vor mir muss dir das nicht peinlich sein", bestärkte der Inspektor seinen alten Schulkollegen.

Maikits atmete tief durch, während er seinen Kopf nach unten senkte.

„Schau, es ist so. Ich persönlich, und das ist wirklich ein großer Vertrauensbeweis an dich, also … ich benutze sehr gerne … äh … feuchtes Toilettenpapier."

Sifkovits nickte verständnisvoll. Maikits war erleichtert.

„Es ist wirklich angenehmer", schob Sifkovits nach.

„Stimmt", sagte Maikitsch. „Das Dilemma ist folgendes: Wenn man zuerst mit dem feuchten Papier beginnt, dann ist der Popsch nass, und wenn man dann mit dem trockenen nacharbeitet und das trockene zu hart ist, also wenn es zu viel recycelt wurde – weißt du, Schiffi, diese Recyclingpapiere sind ja wie ein Schleifpapier –, dann kann's möglich sein, dass man sich da hinten, also drinnen, so ein bissl was … aufreißt. Das ist mir neulich passiert und wird von Tag zu Tag schlimmer und tut mehr weh. Ich kann fast nicht gehen. Fürchterlich."

„Ich verstehe dich", sagte Sifkovits, „ich bin zwar kein Arzt, aber das klingt nach einer Analfissur."

Maikits hatte dieses Wort noch nie gehört.

„Was für eine Frisur?", fragte er nach.

„Nein. Nicht Frisur, sondern Fissur. Statt dem r ein zweites s einsetzen", berichtigte Sifkovits den Fehler.

„Aha. Anal verstehe ich, aber das andere nicht", sagte Maikits.

„Fissur heißt so viel wie Riss. Und bei einer Analfissur ist der Riss direkt in der Schleimhaut, die dort hinten sehr dünn ist", klärte ihn Sifkovits auf.

„Heast, du könntest ja ein Doktor werden. Wir brauchen eh einen Arzt im Ort. Hör auf bei der Polizei", zeigte sich Maikits beeindruckt.

„Na, na. Eine Ärztin in der Familie genügt. Hast du auch geblutet?", wollte Sifkovits wissen.

„Ja, schon. Jetzt nicht so stark wie ein Schwein, aber doch sichtbar. Ich sag dir, ich hab so höllische Schmerzen, deswegen habe ich mir die Polster da hingelegt. Das dämpft die Sache ein wenig."

Sifkovits versuchte, seinen Freund zu beruhigen.

„Soweit ich weiß, hast du nix Schlimmes. Man kann die Fissur mit einer Salbe behandeln. Es wird sicher noch ein paar Tage wehtun. Am besten du spülst den Popsch mit kaltem Wasser aus. Und vorerst würde ich nur ganz leicht wischen. Ich fahre morgen mit meiner Mutter nach Stegersbach und bring dir eine Salbe aus der Apotheke mit", sagte Sifkovits.

„Ja, genau. Klopapier ist im Angebot. Die Resl hat's mir erzählt. Die wird eh auch mitfahren."

Von hinten rief Bauer Fritz, der Dorfalkoholiker, nach Maikits, um ein weiteres Bier zu bekommen.

„Ja, ich komm schon", rief Maikits zurück. „Der ist schon wieder so zu, dass er es nicht mehr allein zum Kühlschrank schafft."

Maikits erhob sich schwerfällig von der Bank und wackelte Richtung Innenhof. Sifkovits beobachtete ihn. Unerwartet fiel ihm Dr. Farkas, der Geschäftspartner von Richard Kirisits, ein. Auch er hatte einen wackeligen Gang und auch er benutzte einen Polster auf seinem Schreibtischstuhl, um sich darauf zu setzen. Sifkovits kratzte sich unter seiner Kappe. Eine Idee keimte in seinem Kopf, die sich zu einem konkreten Verdacht auswuchs.

Als Maikits aus dem Innenhof zurückkam, war der Inspektor schon verschwunden.

22.

„Servus, Bruderherz. Was führt dich zu mir? Wolltest mich sehen oder brauchst du etwas?", sagte Lisa zum Inspektor, als dieser vor der Tür stand. Sie hielt seine kleine Nichte Elisabeth im Arm und war gerade dabei, etwas zu kochen, da es im Vorraum nach frischem Frittierfett roch.

„Beides, wenn ich ganz ehrlich bin. Ich stör auch nur ganz kurz", versprach der Inspektor, während er seiner kleinen Nichte über den Kopf streichelte und ihr ein Bussl auf die Stirn gab.

„Wollen wir den Onkel hereinlassen?", fragte Lisa ihre Tochter. Elisabeth antwortete mit einem freudigen Ja. Sie müsse dem Inspektor ohnehin ihr neues Playmobilhaus zeigen.

„Komm rein", bat ihn seine Schwester. „Magst was essen? Ich mache Fischstäbchen." Sifkovits lehnte dankend ab. Bei Fischstäbchen musste Sifkovits unweigerlich an den alten Adam denken.

„Dürfte ich deinen Computer benutzen?", fragte Sifkovits seine Schwester.

„Ja, sicher. Der steht oben in Hannes' Büro", antwortete Lisa. Hannes war ihr Mann. Ein netter Kerl, aber extrem langweilig. Hannes verbrachte seine Freizeit damit, Fischköder zu präparieren. Danach zog er sich mit Fischerfreunden an einen See in Ungarn zurück. Das machte er jedes Jahr einmal. Dort drehten sich die Gespräche hauptsächlich um die Fischerei. Für Hannes war es das Größte, wenn er einen dicken Fang aus dem Wasser zog, um sich damit fotografieren zu lassen. Seine Facebookseite bestand fast ausschließlich aus solchen Bildern.

Lisa hatte ihn vor neun Jahren bei einem Ausflug in die Zotter-Schokoladenfabrik kennengelernt. In der ersten Zeit fuhren sie viel auf Urlaub. Lisa arrangierte die Reisen über das Reisebüro, in dem sie halbtags jobbte. Als Elisabeth auf die Welt kam, entfernten sich die beiden zunehmend voneinander. Die Reisen wurden weniger. Die beiden verstanden sich darin, miteinander zu funktionieren, was sich aber auf das Managen des Alltags beschränkte. Das Feuer hatte noch eine ordentliche Glut, dennoch wurde schon lange kein Scheit Holz mehr nachgelegt.

„Soll ich dir einen Tee machen?", fragte Lisa ihren Bruder.

„Ja, gern. Es reicht ein heißes Wasser mit Honig, den Tee habe ich selber mit."

„Ich habe einen Käsepappeltee zu Hause."

„Wirklich?", zeigte sich Sifkovits über die Aussage seiner Schwester überrascht.

„Na ja, irgendwie habe ich schon gehofft, dass du noch einmal vorbeikommst. Ich weiß doch, wie gern du den Tee trinkst", sagte Lisa.

„Danke Lisa. Das ist echt lieb von dir. Ich brauche nicht lange. Muss nur schnell was nachschauen, dann komme ich zu euch und schau mir das Playmobilhaus an."

Sifkovits ging die Treppen nach oben in Hannes' Büro. Er ließ die Türe offen und setzte sich an den Schreibtisch. Er öffnete den Internetbrowser und gab bei Google die Begriffe „Analfissur Ursachen" ein. Lisa rief nach oben.

„Und habt ihr schon einen Verdächtigen?", wollte sie wissen.

„Ja, gibt's schon", rief ihr Bruder zurück.

„Also war der Mörder ein Mann?", fragte Lisa, während sie Leitungswasser in einen Kocher goss.

„Ja, es war wahrscheinlich ein Mann", hallte es durch Lisas Küche. „Es war jemand, der sehr kräftig ist. Also eigentlich könntest du es auch gewesen sein." Sifkovits lachte über den Scherz. Lisa fand das gar nicht komisch. Sie ging ans Fußende der Treppe.

„Wieso? Werde ich verdächtigt?", fragte sie vorsichtig.

„Nein, Lisa. Das war ein Spaß. Oder hättest du ein Motiv gehabt?"

„Ja!", fuhr es ihr heraus. Sifkovits war irritiert. Hatte er gerade richtig gehört? Er kam aus dem Büro und blickte nach unten zu seiner Schwester. Als er gerade nachfragen wollte, begann diese am Treppenende lauthals zu lachen.

„Sehr lustig, Lisa!", kritisierte er den Scherz seiner Schwester.

„Aber jetzt hat's dich kurz gerissen, gell?", freute sie sich, dass ihr Scherz seine Wirkung nicht verfehlt hatte.

„Der Tee ist gleich fertig, Schiffi." Dann verschwand sie wieder in der Küche.

Sifkovits schüttelte den Kopf und ging zurück ins Büro. Auf dem Bildschirm vor ihm öffnete sich eine medizinische Seite. „Eine Analfissur bezeichnet einen meist länglichen Schleimhautriss im Bereich des Afters. In den meisten Fällen gehen Analrisse mit starken lokalen Schmerzen und Blutungen einher", konnte Sifkovits lesen.

Er scrollte hinunter bis zum Punkt, der die Ursachen erklärte. „Risse am After entstehen durch Einreißen der Schleimhaut im unteren Analkanal. Verursacht werden diese Risse meist durch festen Stuhlgang mit Überdehnung des Afters, Durchfall, Hämorrhoiden, aber auch durch anale Manipulationen bzw. Analverkehr."

Sifkovits notierte sich einige Punkte in seinem Notizbuch,

dann verließ er das Büro, um sich dem Playmobilhaus seiner Nichte zu widmen.

Elisabeth hatte eine Riesenfreude, dass ihr Onkel mit ihr spielte. Sifkovits konnte gut mit Kindern umgehen, was seine Schwester dazu veranlasste, abermals das Kinder-Thema ins Spiel zu bringen. Sie fragte, ob er sich nicht doch vorstellen könne, eigene zu haben.

„Ich liebe Kinder, Lisa, aber nur solche, die ich auch wieder abgeben kann. Es ist ein Unterschied, ob ich eine halbe Stunde mit einem Kind spiele oder ein ganzes Leben lang. Mein Beruf ist leider wenig kinderfreundlich", sagte Sifkovits zu seiner Schwester mit einem Playmobilpferd in der Hand. Ein Blick auf die Uhr zeigte, dass in einer halben Stunde der Abschiedsgottesdienst für Robert stattfinden sollte. Sifkovits verabschiedete sich von seiner Schwester und seiner Nichte.

„Bis gleich", sagte Lisa, die natürlich auch auf das Begräbnis gehen würde.

„Danke, war ein schöner Nachmittag."

„Du bist jederzeit bei uns willkommen", versicherte ihm Lisa.

„Eine Frage noch Schwesterherz: Könntest du mir ein Wattestäbchen und ein Stück Frischhaltefolie geben?"

„Ja, sicher. Ist aber eine eigenartige Kombi", merkte Lisa an. Sie brachte ihrem Bruder die gewünschten Sachen. Er steckte sie ein und verließ das Haus.

23.

Der Trauerzug für Robert Kirisits bewegte sich langsam durchs Dorf. Angeführt wurde er von David, neben ihm zwei Ministranten, die ein großes Kreuz in die Höhe hielten. Judith Kirisits musste gestützt werden, Richard Kirisits ging gefasst die Hauptstraße entlang. Es waren beinahe so viele Menschen anwesend wie auf der Hochzeit. Die örtliche Blaskapelle spielte einen Trauermarsch, der durch Mark und Bein ging. Bei jedem Trommelschlag vibrierten die Herzen der Trauernden. Kaum zu glauben, dass Musik auch etwas so Schreckliches sein kann.

Sifkovits ging neben seiner Mutter im hinteren Drittel des Zuges. Es herrschte eine würdevolle Stimmung in der Gemeinschaft und man konnte erkennen, dass Robert im Dorf sehr beliebt gewesen war. Sifkovits dachte an Roberts Notiz im Handy. Was hatte er einen Tag vor der Hochzeit in Stegersbach gemacht? Warum hatte er sich den Termin mit drei Rufzeichen eingetragen? Und vor allem: Wo war er gewesen?

Als die Gruppe den Friedhof erreichte, verstummte allmählich die Musik. Das Grab war offen, dahinter stand das einfache Holzkreuz, auf dem in nüchternen Lettern „Robert Kirisits" zu lesen war. Auf Sifkovits machte das Holzkreuz mehr Eindruck als ein Grabstein, der mit einem Trauerspruch versehen war. Diese simplen Holzkreuze mit der schwarzen Aufschrift, die sich unauslöschlich in die Netzhaut brennt, verdeutlichten die Vergänglichkeit des Menschen auf grausame Art und Weise.

Der Sarg wurde in Position gebracht. David stellte sich vor das offene Grab und setzte zu seiner Abschiedsrede an.

„Liebe Judith, lieber Richard, verehrte Trauergemeinde! Der Tod ist gewiss, ungewiss ist nur die Stunde. Nun ist die Stunde gekommen und wir müssen von Robert Abschied nehmen."

Frau Kirisits brach in Tränen aus, als David Roberts Namen aussprach. Sie wurde von ihrem Mann in den Arm genommen. Kurze Zeit war es still am Friedhof. David holte sich mit einem Blick zu Richard Kirisits das Einverständnis weiterzumachen.

Er fand überaus berührende Worte über Roberts Kindheit. Er wies darauf hin, wie beliebt er im Ort gewesen war, er sprach über einige biografische Stationen und schließlich über den schönsten und gleichzeitig schrecklichsten Tag in seinem Leben: den Tag seiner Hochzeit. Mit Bedacht wählte er die Worte über Roberts Braut Anna und dass es eine Schande sei, was in diesem ruhigen und beschaulichen Ort Stinatz passiert war. Dann kam er auf Roberts Tod zu sprechen.

„Ehrlich gesagt haben wir uns nie Sorgen um Robert gemacht. Er war so charmant und hatte die Gabe, Menschen von seinen Ideen zu begeistern. Und dann kam sie. Diese furchtbare, alles auf den Kopf stellende Kurve. Jene Kurve, die schon einmal einen jungen Menschen aus dem Leben gerissen hat. Sie hat Robert nicht den Hauch einer Chance gelassen.

Aber geben wir ihr hier nicht mehr Platz als nötig, sondern ehren wir diesen wunderbaren jungen Mann, den wir alle kennenlernen durften. Versuchen wir, doch ein Stück weit seinen Traum weiterzuleben, und achten wir aufeinander. Wir alle können in diesen Stunden eine helfende Hand und ein offenes Ohr gebrauchen.

Lieber Robert, deine Stunde ist nun gewiss. Genauso gewiss wie ein Wiedersehen mit dir. Das sollte uns in diesen schweren Momenten ein kleiner Trost sein.“

David blickte zu Frau Kirisits, die nun ihrerseits ein paar Worte sprechen sollte. Es war ihr nicht möglich. Sie brach in einen schlimmen Weinkrampf aus und konnte nicht weiter an der Beerdigung teilnehmen. Einige Dorfbewohner brachten sie nach draußen.

Dr. Farkas, der ebenfalls anwesend war, übernahm es kurzerhand, die letzten Worte von Roberts Mutter vorzutragen. Er stellte sich vor das Grab und begann von einem Blatt abzulesen. Seine Hände zitterten. Frau Kirisits' Worte führten dazu, dass fast alle am Friedhof in Tränen ausbrachen, den Vortragenden mit eingeschlossen. Der Brief endete mit den Worten: „Lieber Robert, lieber Burli! Wir müssen nun lernen zu trauern, du aber lernst nun, mit den Engeln zu fliegen. Sie mögen dich dort hinbringen, wo du glücklich wirst. Und falls jemals ein Stern am Himmel schmelzen sollte, dann weiß ich, dass deine Liebe dafür verantwortlich war. Nähme ich Flügel der Morgenröte und bliebe am äußersten Meer, so würde auch dort deine Hand mich führen und deine Rechte mich halten. Leb wohl, mein Engel! Deine Mama.

Im Namen meiner Familie würde ich mich freuen, wenn Sie alle nach der Beisetzung bleiben würden, um bei Gulasch und Wein im Wirtshaus Stinatzerhof die eine oder andere Anekdote über Robert zu erzählen.“

Dann wurde der Sarg hinuntergelassen. Es war genau 15.12 Uhr.

Der Stinatzerhof platzte fast aus allen Nähten. Natürlich kamen nicht alle aus der Trauergemeinde im Gasthaus unter, also wurden kurzerhand draußen auf der Hauptstraße zahlreiche Bierbänke aufgestellt. Sifkovits saß mit seiner Mutter auf einer Bank und beobachtete Dr. Farkas, der sich angeregt mit dem Bürgermeister von Stinatz unterhielt. Richard Kirisits saß stoisch an einem Tisch und trank ein Glas Wein. Neben ihm saß David. Viele der Trauergäste schüttelten ihm die Hand und bekundeten ihre Dankbarkeit ob seiner Grabrede. Katrin, die Wirtin des Stinatzerhofs, stellte zwei Portionen Gulasch auf Sifkovits' Tisch.

„So schön hat er geredet, der David. Auch die Worte von der Judith waren passend", sagte Baba zu ihrem Sohn. Sifkovits' Blick war noch immer auf Dr. Farkas gerichtet. Er leerte ein Glas Wein. Als Katrin am Tisch von Dr. Farkas war, fragte sie ihn, ob er noch eines wolle; er verneinte, er müsse noch fahren. Katrin nahm das Glas mit.

„Was ist los? Du isst ja gar nichts", riss Baba ihren Sohn aus seinen Beobachtungen. „Also wenn du mich fragst, Spatzl, ist das Gulasch zu fett. Die Katrin nimmt auch zu viel Majoran, dadurch schmeckt man fast nichts mehr vom Knoblauch ..." Sifkovits unterbrach seine Mutter.

„Ich bin gleich wieder da, Mama." Der Inspektor ging in Richtung Küche.

Katrin war eine gestandene Frau, die das Wirtsgeschäft von ihren Eltern übernommen hatte. Sie kannte die Geschichten der Leute aus dem Dorf in- und auswendig, ließ sie aber, vornehmlich im alkoholisierten Zustand, immer reden. Denn ihr Vater hatte ihr ständig eingetrichtert: „Der Gast hat immer recht!" Gab es einen Wickel im Wirtshaus, legte sie gern selber Hand an, um den Störenfried nach draußen zu bugsieren.

Sifkovits betrat die Küche, in der reges Treiben herrschte.

„Servus, Schiffi. Was machst du bei uns in der Küche?“, fragte ihn Katrin, während sie Bestellungen an die Küchenhilfen weitergab.

„Ah nix! Ich wollte nur fragen, ob du vielleicht …“, Sifkovits suchte nach Worten.

„Ja?“, sagte eine gestresste Katrin. Sifkovits fiel auf die Schnelle nichts Besseres ein:

„Ob du vielleicht ein Maggi hast?“

„Ein Maggi?“, fragte die Wirtin ungläubig nach.

„Ja. Fürs Gulasch. Ich hab's gerne a bissl würziger. Ich geb sogar Maggi in den Spinat. Und manchmal ess ich Reis mit Ketchup.“

Katrin lachte über die Worte des Inspektors, aber so schrullig wie er war, konnte sie sich diese kulinarischen Ausflüge gut vorstellen.

„Ok. Es ist dein Magen. Nimm dir das Maggi einfach da oben vom Regal. Ich muss wieder raus.“

„Vielen Dank“, sagte der Inspektor. „Super ist das Gulasch. Und gar nicht fett. Ich mag es gern, wenn viel Majoran drinnen ist.“

Katrin freute sich über dieses Kompliment. Sie erwiderte, dass ihm die neue Frisur sehr gut stehen würde. Dann stellte sie das Weinglas von Dr. Farkas neben der Spüle ab und verließ mit fünf Tellern Gulasch die Küche.

Sifkovits zog das Wattestäbchen und die Frischhaltefolie aus dem Anzug seines Vaters. Etwas ungeschickt versuchte er, mit der linken Hand die Maggi-Flasche vom Regal zu nehmen, um mit der rechten einen Abstrich mit dem Wattestäbchen von Dr. Farkas' Glas zu machen.

Er hätte sich diese etwas umständliche Aktion sparen können, denn die Küchenhilfen nahmen ihn ohnehin nicht wahr. Sie waren zu sehr damit beschäftigt, das Gulasch am Köcheln zu halten und darauf Acht zu geben, dass die Nudeln für die drei Vegetarier, die es in Stinatz gab, nicht zu sehr zerkochten.

Nachdem Sifkovits den Abstrich genommen hatte, steckte er das Wattestäbchen vorsichtig in die Frischhaltefolie. Dann nahm er die Maggi-Flasche und ging aus der Küche. Mit der Flasche in der Hand ging er hinter das Haus und wählte eine Innsbrucker Nummer.

24.

Ich sehe ihn. Ich sehe ihn klar und deutlich. Er geht hinter das Haus und telefoniert. Er gestikuliert. Das Gespräch ist sicher beruflich. Vielleicht hat er schon einen zwingenden Verdacht. Ich kann ihn sehr schwer einschätzen. Er wirkt so harmlos, aber andererseits kann das auch eine Masche von ihm sein. Ich glaube, dass ihn viele unterschätzen. Ich beginne zu schwitzen. Was, wenn er doch etwas weiß? Einen Fehler habe ich schon gemacht. Das darf nicht mehr passieren. Ob er vermutet, dass der Mörder von Anna am Begräbnis war? Er sah lächerlich aus in dem Anzug, den er trug. Seine neue Frisur steht ihm überhaupt nicht.

Viele Gedanken zermartern meinen Kopf. Ich habe das Gefühl, er könnte gleich platzen. Ich fixiere ihn wie das Raubtier die Beute. – Nein. Beruhig dich! Er kann es nicht wissen. Es gibt nur einen Mann, der Monika Maier kennt, und der ist weit, weit weg.

Ich versuche mich wieder der Trauergemeinde zu widmen. Es fällt mir schwer, so zu tun, als ob nichts wäre. Wie sie sich alle ihr Gulasch in die Münder stopfen, widert mich an. Ich esse nichts. An einem Tag wie heute kann ich nicht essen. Soll ich meinen letzten Trumpf ausspielen? Er beendet sein Gespräch und setzt sich wieder zu seiner Mutter. Er tuschelt irgendetwas mit ihr. Jetzt steht er auf und geht. Das beunruhigt mich. Ich muss meinen letzten Trumpf ausspielen. Was bleibt mir denn anderes übrig? Die nächsten Tage werden gewiss unruhige sein.

25.

Es war 16.37 Uhr, als Sifkovits das Postamt in Stegersbach erreichte. Der Keilriemen seines Peugeot quietschte schon derart laut, dass es nur eine Frage der Zeit sein würde, bis er riss. Nachdem er das Postamt betreten hatte, suchte er bei den Verpackungen nach der passenden Größe. Als er einen entsprechenden Karton gefunden hatte, schaffte er es nicht, ihn so zu falten, dass er stabil war. Er fragte die Dame am Schalter, ob sie ihm helfen könne. Sie musterte den Mann in dem viel zu großen Anzug. Ihre Entscheidung, dem Inspektor zu helfen, erfolgte eher aus Mitleid.

„Es ist ganz einfach. Ähnlich wie beim Wäsche-Zusammenlegen. Wenn man das einmal beherrscht, faltet sich alles wie von allein", sagte die Dame hinter dem Schalter. Sifkovits war beeindruckt von der handwerklichen Fähigkeit der Postbeamtin. Sie studierte das Paket und tippte auf ihrem Computer herum.

„Also. Das Paket geht nach Innsbruck. In die Gerichtsmedizin", brabbelte die Beamtin vor sich hin.

„Genau!", sagte Sifkovits. „Und bitte als Expresssendung."

Die Beamtin sah vom Paket auf. Ein Blick auf die Uhr entlockte ihr ein „Na ja, es ist aber schon 16.43 Uhr".

„Verstehe. Was heißt das konkret?", fragte der Inspektor nach.

„Ich kann Ihnen nicht versprechen, dass Ihr Paket heute noch rausgeht."

Sifkovits schaltete einen Gang höher.

„Es wäre total wichtig, dass es heute noch rausgeht. Wissen Sie, ich bin von der Kriminalpolizei."

Die Beamtin musterte den Inspektor von oben nach unten.

„Ich weiß, ich schau nicht so aus“, sagte Sifkovits, „aber es wäre für meine laufende Ermittlung extrem wichtig. Wissen Sie, Zeit entscheidet in unserem Beruf oft über Sieg oder Niederlage.“

Die Frau hinter dem Schalter zog ihre Augenbrauen nach oben.

„Also wenn ich mir Ihren Anzug so ansehe, dürften Sie wenig Zeit gehabt haben, was dann zu einer Niederlage führte“, sagte sie in süffisantem Ton.

Sifkovits lachte über ihre Bemerkung und gab ihr absolut recht. Es sei der Anzug seines verstorbenen Vaters, den er aus nostalgischen Gründen angezogen hätte. Die Beamtin verstand ihn und meinte, ihr Vater sei auch schon gestorben und es vergehe kein Tag, an dem sie nicht an ihn denken würde. Die Frage nach seinem Ausweis blieb aus. Die Beamtin vertraute dem schrulligen Herrn mit der etwas zu jugendlichen Frisur.

„Also gut, hören S' zu“, sagte die Dame, „vorausgesetzt der Kurtl möchte heute noch was ins Versandzentrum bringen, dann könnte Ihr Paket als Expresssendung morgen in der Früh in Innsbruck sein.“

„Und wie bringen wir den Kurtl dazu, dass er heute noch was ins Versandzentrum bringen möchte?“, fragte der Inspektor.

„Das lassen Sie meine Sorge sein, Herr Inspektor. Warten Sie kurz“, sagte die Beamtin siegessicher. Sie ging nach hinten. Nach einem kurzen, lauten Wort- bzw. Schreiduell kam ein kleiner Mann mit Schnurrbart von hinten in den Kundenraum. Er wirkte genervt und schnappte sich das Paket von Sifkovits. Wortlos ging er an dem Inspektor vorbei nach draußen. Die Beamtin stellte sich triumphierend hinter den Schalter.

„Na, was hab ich Ihnen gesagt, Herr Inspektor? Wenn man die Leute ein bissl motiviert, geht alles von allein", sagte sie mit stolz geschwellter Brust.

„Wie haben Sie das gemacht?", erkundigte sich der Inspektor.

„Der Kurtl ist mein Mann. Noch Fragen?"

Sifkovits hatte keine Fragen, sondern verstand augenblicklich, was sich im Hinterzimmer der Post abgespielt hatte. Er bedankte sich bei der Beamtin und ging zu seinem lädierten Peugeot. Er kramte sein Handy hervor und wählte eine Nummer.

„Uni Innsbruck, Gerichtsmedizin, Haller am Apparat", meldete sich eine Stimme.

„Hier ist noch einmal Inspektor Sifkovits. Die Probe wird morgen früh bei Ihnen sein. Wann kann ich mit einer Auswertung rechnen?"

„Wenn es schnell gehen muss, am Nachmittag", sagte die Stimme in Innsbruck.

„Es muss schnell gehen. Danke Ihnen!" Sifkovits klappte sein Handy zu. Bis morgen Nachmittag würde er seinen Vorgesetzten sicher hinhalten können, falls er mit seiner Vermutung recht hatte. Wenn nicht, dann steckte er in Schwierigkeiten. In großen Schwierigkeiten.

26.

Sifkovits saß im Innenhof von Maikits' Greißlerei. Er hatte sich bereits von dem Anzug befreit und trug wieder seine gewohnte Kleidung. Bauer Fritz, der Dorfalkoholiker, schlief gegenüber sitzend auf der Bank. Seinen Kopf hatte er auf die Tischplatte gelegt. Es gäbe sicher weichere Unterlagen, aber dem Bauer Fritz war die klobige Holzplatte weich genug. Es war bereits nach 18.00 Uhr und so lag der ganze Innenhof im Schatten. Der Almdudler-Schirm hatte für heute seine Schuldigkeit getan.

Die letzten Stunden waren alles andere als angenehm gewesen. Im Dorf lag eine eigenartige Stimmung in der Luft. Das Begräbnis von Robert hatte spürbaren Eindruck hinterlassen. Die Leute sprachen leise miteinander. Es klang fast so, als würde auf dem Boden liegender Schnee die Gespräche abdämpfen.

David, der Pfarrer, saß neben Sifkovits. Er hatte eine rote Mischung vor sich stehen und blickte gedankenversunken in die Leere. Seine Worte würden noch lange in den Köpfen der Trauergäste nachwirken. Die beiden hatten sich nichts zu sagen. Maikits kehrte seinen Innenhof. Auch er war überraschend still.

Draußen auf dem Bankerl auf der Hauptstraße saß die Kopftuchmafia. Die drei Damen waren in eine hitzige Diskussion vertieft.

„Hilda, wie kannst du das wissen? Hast du ihn die ganze Zeit beobachtet?", fragte die dicke Frau Grandits die neben ihr sitzende Frau Resetarits scharf.

„Ja, sicher. Wie der Schiffi telefonieren gegangen ist, hat

er ihn die ganze Zeit nicht aus den Augen gelassen. Ich sag euch, da ist irgendwas im Busch."

Baba mischte sich ein.

„Aber ich weiß, dass er bei ihm ermitteln war. Es ist immer ungut, wenn ein Polizist zu einem nach Hause kommt. Man hat automatisch ein schlechtes Gewissen, obwohl man nichts getan hat."

„Ja schon, Baba", sagte Frau Resetarits, „aber wenn ich nichts zu verbergen hab, muss ich ihn auch nicht so auffällig beobachten. Außerdem hat er eine Vorgeschichte. Das dürft ihr nicht vergessen."

Frau Grandits hatte ihre Zweifel an Frau Resetarits' Theorie.

„Trotzdem muss man sagen, dass er damals vom Vorwurf der Untreue freigesprochen wurde. Man muss auch einmal vergessen können. Jeder Mensch kann sich bessern."

Frau Resetarits dachte einige Zeit über die Aussage der dicken Resl nach.

„Ihr könnt's sagen, was ihr wollt. Der Farkas ist irgendwie in die Sache involviert", sagte Hilda.

In diesem Moment kam Sifkovits aus dem Innenhof und ging in Richtung der alten Damen. Seine Mutter bemerkte ihn als Erste.

„Servus, Spatzl. Was magst du denn heute zum Abendessen?"

Sifkovits überlegte. Beim Gedanken an das Gericht fühlte er sich wieder wie mit sechs Jahren.

„Mama, würdest du mir eine Erdäpfelsauce mit Rindfleisch machen?", fragte er seine Mutter.

Zugegeben, als Kind mochte er das Fleisch nicht so gern, da reichte ihm die Erdäpfelpampe oder das „Saure Püree", wie die Sauce auch manchmal bezeichnet wurde. Das Gericht war auch ohne Fleisch mehr als sättigend. Seine Mutter war eine Spezialistin, was die Erdäpfelsauce betraf. Sie kochte sie immer mit einer dicken Einbrenn, sparte nicht an Paprikapulver und die Säure war genau richtig. Sifkovits hatte mehrmals versucht, die Sauce daheim nachzukochen, aber er kam nie an den Geschmack seiner Mutter heran. Es lag wahrscheinlich an den alten Emailtöpfen. Dort hatte sich das Aroma im Laufe der Jahrzehnte quasi eingebrannt.

Seine Mutter freute sich über Sifkovits' Wunsch.

„Ja, sicher mache ich dir die Sauce mit'n Fleisch. Ich habe gerade erst gestern ein frisches Jungrind vom Tinki, unserem Fleischhauer, geholt. Ganz ein zartes, das kommt aus der eigenen Zucht. So was kriegst ja gar nicht mehr in Eisenstadt. Da kann man die Rinder nur mehr paketiert kaufen. Bei uns sind sie direkt von der Weide. Und wir brauchen nicht groß BIO draufzuschreiben, damit man weiß: Es ist ein gutes Fleisch. Unsere Viecher haben das beste Leben. Oder glaubst du, dass wir einen Dreck essen wollen?"

So ausführlich wollte es der Inspektor gar nicht wissen. Er widersprach seiner Mutter nicht, da er wusste, es hätte zweifelsfrei keinen Sinn. Frau Resetarits bestärkte den Inspektor in seiner Entscheidung, was sein Abendessen betraf, wenngleich sie darauf hinwies, dass ihre Sauce auch recht vorzüglich schmecke.

Sifkovits war sich darüber völlig im Klaren und versicherte Frau Resetarits, dass er auch einmal ihre Sauce probieren würde.

„Das freut mich sehr. Ich geb nämlich immer auch ein paar Essiggurkerln hinein", sagte sie. „Übrigens!", führte Frau Resetarits weiter aus, „hast du gemerkt, wie du telefonieren warst, am Begräbnis, dass dich der Farkas beobachtet hat?"

„Nein!“ Der Inspektor zeigte sich überrascht.

„Das war ein bissl auffällig, muss ich sagen“, schob Frau Resetarits hinterher.

„Ah so?“, sagte Sifkovits.

„Ja. Wir haben es alle gesehen. Oder, Resl?“, richtete Frau Resetarits die Frage an Frau Grandits.

„Also ich hab es nicht gesehen“, sagte die dicke Frau, „erstens einmal will ich mich da nicht einmischen und zweitens hatte ich Wichtigeres zu tun, als den Farkas zu beobachten.“

„Ist der Farkas verdächtig?“, wollte Baba von ihrem Sohn wissen.

„Nein, Mama.“

„Mit wem hast du eigentlich telefoniert am Begräbnis?“, fragte seine Mutter weiter.

„Als ich telefoniert habe, war das Begräbnis ja schon vorbei“, rechtfertigte sich ihr Sohn. „Es war dienstlich, Mama, und hat mit dem Farkas nichts zu tun gehabt.“

Seine Mutter bemerkte in der Art, wie ihr Sohn ihr antwortete, dass jenes Telefonat doch etwas mit Farkas zu tun gehabt hatte.

„Es ging um den Farkas, gell?“, bohrte sie weiter nach. „Ich kenne dich, Spatzl. Wenn du ablenken willst, dann zieht sich dein Mundwinkel so komisch nach vorne.“

Seine Mutter hatte recht. Das war bei Sifkovits schon als Kind so gewesen. Baba war die einzige Person auf der Welt, der das auffiel.

„Weißt was, Mama. Kannst du mir dann schön langsam das Essen richten? Jetzt hab ich wirklich schon einen Hunger. Ich hab ja kein Gulasch gegessen“, versuchte er, das Gespräch zu drehen.

„Sei froh, Schiffi!“, brach es aus Frau Grandits heraus, „es war viel zu fett und viel zu viel …“

„Ich weiß. Majoran!“, beendete Sifkovits den Satz.

Baba entfernte sich von der Gruppe und ging über die Straße zu ihrem Haus. Sifkovits blieb noch bei den anderen zwei Damen sitzen.

„Ich ruf dich, wenn das Essen fertig ist“, sagte seine Mutter im Gehen.

Sifkovits orderte bei Maikits heißes Wasser und Honig. Er zog seinen letzten Teebeutel aus der Weste.

„Morgen in der Früh fahren wir nach Stegersbach! Klopapier ist im Angebot!“, sagte Frau Resetarits.

„Ich weiß. Meine Mutter hat's mir schon erzählt.“ Sifkovits ließ den Teebeutel in eine Tasse sinken.

„Ich fahr auch mit!“

Sifkovits blickte auf die dicke Frau Grandits. Er hatte seine Bedenken, ob sie alle in seinem kleinen Peugeot 206 Platz finden würden.

„Wann ist denn Abfahrt?“, wollte der Inspektor wissen.

„Acht Uhr“, sagten die Damen im Chor.

Es gab angenehmere Termine für den Inspektor, als mit seiner Mutter und ihren zwei Freundinnen nach Stegersbach zu fahren. Er wusste, dass sie vor Mittag nicht zurück sein würden. Wenn diese alten Damen erst einmal damit begannen, nach Angeboten zu suchen, würde sich ein Besuch beim Penny zu einer Schlacht an diversesten Regalen auswachsen.

Sifkovits wollte seiner Mutter und ihren Freundinnen einen Gefallen tun und so protestierte er nicht gegen den morgigen Ausflug. Noch dazu war neben dem Penny der dm-Markt und Sifkovits war sich sicher, dass er dort Käsepappeltee bekommen würde.

So sehr ihm dieser morgige Ausflug im Magen lag, sollte er doch eine für seine Ermittlungen folgenschwere Information bereithalten.

27.

Als die Vierergruppe am nächsten Tag gegen Mittag den Supermarkt verließ, sah sich Sifkovits mit zwei Problemen konfrontiert. Erstens: Sein Vorgesetzter in Eisenstadt würde nun in die Ermittlungen eingreifen, da er mit den Recherchen von Sifkovits alles andere als zufrieden war. Zweitens: Wie sollte Sifkovits den ganzen Einkauf in seinem kleinen Peugeot unterbringen? Allein die gekauften Klopapier-Packungen gingen in den zweistelligen Bereich. Von der Haltbarmilch gar nicht zu reden. Sifkovits stapelte alles, was er konnte, in seinem Kofferraum. Das Klopapier musste von zwei Damen auf dem Rücksitz gehalten werden, was dazu führte, dass die beiden hinter den Rollen nicht mehr zu sehen waren.

Frau Grandits nahm ob ihres Gewichts am Beifahrersitz Platz. Nachdem alles und alle im Auto verstaut waren und es sicher eine Weile dauern würde, sich wieder aus dem Auto zu schälen, nutzte Sifkovits die Gelegenheit zur Flucht.

„Ich komm gleich wieder. Ich muss noch schnell zum dm", sagte er, „ich lass euch die Fenster offen." Die Damen wollten zum Protest ansetzten, doch Sifkovits verschwand so schnell er konnte im angrenzenden Geschäft.

Er suchte im Laden herum, konnte aber den Käsepappeltee nicht finden. Das entging auch der freundlichen Kassiererin nicht, die auf ihn zukam.

„Kann ich Ihnen helfen?", fragte sie.

„Ja, bitte. Ich suche schon so lange und draußen ist es heiß", gab der Inspektor zur Antwort.

„Ah. Haben S' den Hund im Auto?", wollte die Dame wissen.

„Nein. Meine Mutter. Und ihre Freundinnen."

„Was suchen Sie denn?"

„Einen Käsepappeltee", antwortete Sifkovits.

„Ist der für Sie oder Ihre Mutter?", fragte die Kassiererin.

„Für mich. Wieso?"

„Ich bin schon lange bei meiner Firma. Früher war ich in Wiener Neustadt, aber jetzt bin ich seit einem Monat hier. Ich sehe sofort, wenn Männer von Frauen die Aufgabe bekommen haben, etwas zu kaufen, das nicht für sie bestimmt ist. Erst neulich war ein Mann in der Filiale und hat nach einem Schwangerschaftstest gesucht. Und wissen Sie, wo?"

Sifkovits zuckte mit den Achseln.

„Bei den Kerzen", sagte die nette Dame.

Sifkovits lachte, was die Dame dazu animierte mitzulachen.

„Der Mann war ganz aufgeregt, er hat mir erzählt, dass er morgen in Stinatz heiraten werde und dass seine Frau und er schon lange an Kindern basteln, was ja an und für sich was Schönes ist", erläuterte die Dame, während sie mit einem Handgriff den Käsepappeltee aus dem Regal fischte. Sifkovits wurde hellhörig.

„Zwei Fragen: Wann war das und wie hat der Mann ausgesehen?"

Die Ausführungen der Kassiererin ließen keinen Zweifel daran, dass es sich um Robert Kirisits gehandelt hatte. Sifkovits dachte an Roberts „Stegersbach"-Notiz in dessen Handy. Die freundliche Kassiererin hatte den Mann nicht gekannt, weil sie erst seit einem Monat hier arbeitete. Vom Mord und dem Unfall hatte sie zwar gehört, sie kannte jedoch weder das Opfer noch den Verunglückten.

Gerade als Sifkovits dabei war, sich zu bedanken und den

Tee zu bezahlen, standen plötzlich drei ältere Damen im Geschäft und deklamierten lautstark, dass sie keine Hunde seien, die man so einfach im Auto sitzen lassen könne. Als Sifkovits den Satz „Jetzt sind wir schon da, also können wir auch schnell durch das Geschäft schauen“ hörte, wusste er, dass der Stegersbach-Besuch noch etwas länger dauern würde.

Der Besuch der alten Damen im dm führte dazu, dass am Heimweg auch Frau Grandits im Auto von Einkäufen eingekeilt war. Der Peugeot von Sifkovits war so beladen, dass die Reifen fast am Radkasten schleiften. Weit kam die Gruppe ohnehin nicht, denn kurz vor Stinatz wurde sie von einer Streife aufgehalten.

Es waren alte Bekannte von Sifkovits, nämlich jene Beamten, die ihn schon Tage zuvor kurz vor dem Tatort gestoppt hatten. Sifkovits hörte Sätze wie: „Sie sind doch ein Kriminalbeamter, wie können Sie so verantwortungslos fahren?“, „Das ist eine letzte Warnung, Herr Inspektor, Sie bringen den Wagen noch heute in die Werkstatt“ und nicht zu vergessen: „Erneuern Sie endlich die Schutzhülle für Ihren Ausweis!“

Die restliche Heimfahrt war geprägt von wilden Protesten der alten Damen über die Uniformierten.

In Stinatz angekommen wurden die eingekauften Schätze umständlich verstaut. Frau Resetarits und Frau Grandits bedankten sich bei Sifkovits und verschwanden in ihre Häuser. Man würde sich nach dem Mittagessen wieder am Bankerl sehen.

Frau Sifkovits machte ihrem Sohn ein Schnitzel zum Mittagessen. Aus der Küche von Baba waren Klopfgeräusche zu hören. Er war zufrieden, zumal es in Butterschmalz herausgebacken wurde. Sifkovits stand im Innenhof seines Elternhauses und wählte eine Eisenstädter Nummer.

„Hören Sie endlich auf mit Ihren abstrusen Theorien, Sifkovits“, fauchte ein hörbar aufgebrachter Taschner am anderen Ende der Leitung.

„Aber Herr Oberst, denken Sie nach. Warum kauft er einen Tag vor der Hochzeit einen Schwangerschaftstest?“, fragte Sifkovits seinen Vorgesetzten.

„Um sicherzugehen! Wie schon am Vormittag angekündigt, habe ich bereits einige Hebel in Gang gesetzt, damit in diesem Fall endlich was weitergeht“, zürnte Taschner in seinem Büro.

„Herr Oberst, wissen Sie, was ich glaube …“ Sifkovits wurde unterbrochen.

„Glauben tut man in der Kirche. In unserem Beruf zählen Fakten und Beweise. ENDE!“, schrie Taschner ins Telefon. Dann legte er auf.

Sifkovits fühlte sich wie ein begossener Pudel, als er da im Innenhof stand und nicht recht wusste, was er jetzt machen sollte.

„Essen ist fertig. Komm rein, sonst wird's kalt. Und kalt heißen die Schnitzel nix!“, wurde ihm die Entscheidung durch seine Mutter abgenommen.

Während Sifkovits die fettig panierten Fleischstücke in sich hineinschob, erreichte ihn ein Anruf von der Gerichtsmedizin in Innsbruck. Die Kollegen hätten die Speichelprobe, die Sifkovits gestern nach Innsbruck geschickt hatte, mit dem vorhandenen Material verglichen. Der nächste Weg würde ihn erneut zum Haus von Richard Kirisits führen. Das Blut, welches im Wagen von Roberts Vater gefunden wurde, stammte von Dr. Matthias Farkas.

28.

„Was wollen denn Sie schon wieder hier? Können Sie uns nicht in Ruhe trauern lassen?“

Mit diesen Worten wurde Sifkovits von Richard Kirisits begrüßt. Sifkovits betrat das herrschaftliche Wohnzimmer. Es wurde ihm kein Platz angeboten.

„Meine Frau ist gerade beim Einkaufen. Machen Sie's bitte schnell“, blaffte der Landesbankvorstand.

„Wissen Sie, was ich mich oft frage?“, sagte Sifkovits, „Sie als Bankmenschen, Sie vertrauen den Menschen oft irrsinnig viel Geld an, aber Ihre Kugelschreiber am Schalter sind festgebunden. Warum?“

Richard Kirisits goss sich ein Glas Weinbrand in einen Schwenker.

„Ich wüsste nicht, was das mit Ihrem Besuch zu tun haben könnte, Herr Inspektor.“ Dann leerte er das Glas in einem Zug.

Sifkovits ging auf Richard Kirisits zu.

„Darf ich mich setzen?“, fragte er.

Richard Kirisits antwortete nicht darauf. Er blickte dem Inspektor mit einem „Treib's ja nicht zu weit“-Gesicht tief in die Augen. Sifkovits blieb davon unbeeindruckt.

„Dann setze ich mich eben“, entschied der Inspektor, „und bei dem, was ich Ihnen zu sagen habe, sollten Sie lieber auch sitzen.“

Diesen Ton war Richard Kirisits nicht gewohnt. Er füllte sich ein zweites Glas voll und setzte sich zu Sifkovits auf das Sofa.

„Warum sind Sie hier, Herr Inspektor?“

„Als Ihre Schwiegertochter entführt wurde und Sie sich von der Hochzeitsgesellschaft entfernten, haben Sie da wirklich mit Ihrem Freund Dr. Farkas eine Zigarre geraucht?", wollte Sifkovits wissen.

Richard Kirisits deutete ein stummes Ja an.

„Wo haben Sie die Zigarre gekauft?"

„Was?", fragte Kirisits nach.

„Wo haben Sie die Zigarre gekauft?", wiederholte der Inspektor seine Frage.

„Das weiß ich nicht mehr", bekam er zur Antwort.

„Ok. Das wissen Sie nicht mehr. Als Sie damit fertig waren, wohin haben Sie den Stumpen geworfen?", fragte Sifkovits nach. Richard Kirisits zuckte mit den Achseln.

„Ihr Freund Dr. Farkas behauptet, Sie haben ihn auf den Boden geworfen und wären raufgestiegen."

„Ja, dann wird das wohl so gewesen sein", beschwichtigte Kirisits den Inspektor.

„Hören Sie zu, Herr Kirisits. Ich komme nicht als Feind zu Ihnen. Ich könnte nun die Spurensicherung kommen lassen, um die Schuhe, die Sie bei der Hochzeit getragen haben, zu untersuchen. Das würde den Prozess verlängern, aber das Ergebnis wäre dasselbe. Wir würden nichts darauf finden. Und bevor Sie nun mit der Ausrede kommen, Sie hätten die Schuhe gereinigt: Das würde Sie als Vater disqualifizieren. Wenn man ein Kind bei einem Unfall verloren hat, hat man Wichtigeres zu tun, als seine Schuhe zu putzen."

Kirisits sackte zunehmend in sich zusammen.

„Wollen Sie auch einen?", fragte er den Inspektor und war dabei, ein neues Glas zu holen.

Sifkovits bejahte. „Herr Kirisits, ich würde sagen, wir sparen uns die Spurensicherung und ich erzähle Ihnen meine Sicht der Dinge, einverstanden?"

Kirisits stellte das Glas auf den Tisch und nickte.

29.

Acht Wochen davor.

Anna Jusic streifte durch die Wälder von Stinatz. Es war ein herrlicher Frühsommertag und ihre Stimmung wurde zunehmend besser. Sie würde bald ihren Verlobten Robert heiraten. Klar hatte sie mit ihrem Schwiegervater große Probleme, aber sie war der festen Überzeugung, dass ihre Liebe stärker sein würde.

Immer wieder versuchte ihr Schwiegervater, ihren Verlobten zu beeinflussen, dass sie nicht die Richtige für ihn wäre. Plötzlich kochte wieder Wut in ihr hoch. Warum muss sich der Alte überall einmischen, warum sieht er nicht, wie glücklich sein Sohn ist?, dachte sie. Sie hatte unzählige Szenarien vor Augen, wie sie ihrem Schwiegervater beweisen wollte, dass sie eine gute Frau war.

Robert und seine Eltern wussten nichts von ihrer Vergangenheit und sie hatte alles so arrangiert, dass es auch sonst keiner erfahren würde. Mit dem einen Problem im Dorf und ihrem Schwiegervater würde sie schon fertigwerden.

Anna bog in einen Waldweg Richtung „Fünf Sterne“ ein. Einer der schönsten Plätze hier in den Stinatzer Wäldern. Am Ende des Weges parkte ein Auto. Als sie näher kam, sah sie, dass es sich um einen schwarzen Mercedes G handelte, genau so einen wie ihn ihr zukünftiger Schwiegervater fuhr. Wahrscheinlich ist er mit den Jägern unterwegs, dachte sie. Etwas, das sehr häufig vorkam. Als sie noch näher ging, sah sie ihren zukünftigen Schwiegervater am Fahrersitz sitzen. Er hatte seinen Kopf nach hinten gelegt und die Augen geschlossen. Anna versteckte sich hinter einem Holzstoß, um die Szene unbemerkt beobachten zu können. Was geht hier vor?, dachte sie.

Sie sah, dass er seinen Mund immer wieder öffnete, so als würde er stöhnen. Dann blickte er nach unten, nahm seine Hand zur Hilfe und drückte mit dieser irgendetwas weiter nach unten. Er stöhnte heftiger dabei. Nach etwa fünf Minuten klappte er seinen Kopf vollständig nach hinten. Er wirkte entspannt. Ihr Schwiegervater wurde offensichtlich oral befriedigt. Gleich darauf tauchte ein Kopf von unten auf Höhe des Lenkrads auf. Es war ein Mann mit grauen Haaren, der sich über den Mund wischte. Dann gab er Richard Kirisits einen Kuss. Sie kannte den Mann. Er hatte einen ungarischen Namen: Farkas.

Als der Motor des Mercedes G startete, versteckte sich Anna noch weiter hinter dem Holzstoß. Sie kam erst wieder hervor, als der Wagen außer Sichtweite war. Sie dachte kurz nach. Nun würde einer Hochzeit garantiert nichts mehr im Wege stehen und es brauchte dazu nicht einmal eine Aktion, die ihren zukünftigen Schwiegervater begeisterte.

30.

Als Sifkovits mit seinen Ausführungen zu Ende war, senkte Richard Kirisits den Kopf. Der Inspektor sah, dass der stattliche Mann leicht zu zittern begann. Er atmete tief durch, sein Gesicht hatte sich leicht rot gefärbt.

„Kann es sein, dass ich mit dieser Annahme richtig liege, Herr Kirisits?“, fragte Sifkovits sein Gegenüber in ruhigem Ton.

„Sie wissen ja gar nicht, was das in meiner Position bedeutet, wenn man diese Neigungen verspürt.“ Kirisits blickte auf und sah den Inspektor an. „Ich wollte es ja lange nicht wahrhaben, aber ich habe mich im Laufe der Jahre immer mehr vom männlichen Geschlecht angezogen gefühlt. Sie wissen ja gar nicht, wie ich mich schäme!“ Kirisits stiegen Tränen in die Augen.

„Aber ich bitte Sie, Herr Kirisits. In der heutigen Zeit ist Homosexualität doch kein Thema mehr“, versuchte Sifkovits ihn zu beruhigen.

„Ja, in Wien vielleicht. Aber hier? Wissen Sie, was das für Folgen für mich hat, wenn es heißt: ‚Der Vorstand der Landesbank ist ein Rosettentaucher?‘ Ich weiß doch, wie einige Leute hier über Schwule reden. Das ist eine Krankheit, sagen sie. Das hätte das Ende meiner Karriere bedeutet.“

Sifkovits trank einen Schluck Weinbrand. Er schmeckte ihm sichtlich nicht.

„Weiß das sonst noch irgendjemand?“, fragte er Richard Kirisits.

„Ich glaube, meine Frau weiß es. Anfangs dachte sie wahrscheinlich an eine andere Frau, aber die Art, wie sie mich in letzter Zeit ansieht, lässt meine Vermutung immer stärker werden, dass sie weiß, was Sache ist."

Kirisits senkte erneut seinen Blick. Er legte beide Hände auf die Stirn und schüttelte dabei seinen Kopf.

„Eine wichtige Frage noch, Herr Kirisits", Sifkovits konnte jetzt nicht lockerlassen. „Hat Ihre Schwiegertochter davon gewusst?"

Kirisits sagte lange nichts, dann nickte er kurz.

„Anna hat uns einmal erwischt. Mich und den Farkas. Wir haben es nicht bemerkt."

„Hat Ihre Schwiegertochter Sie erpresst?", wollte Sifkovits wissen.

„Na ja, sie hat kein Geld oder Ähnliches gefordert. Sie hat nur gedroht, dass sie damit an die Öffentlichkeit gehen würde, falls ich ihr und dem Robert weitere Steine in den Weg legen würde."

„Fanden Sie das nicht riskant, am Tag der Hochzeit mit Herrn Farkas kurzzeitig zu verschwinden?"

„Nein. Ganz im Gegenteil", antwortete Kirisits dem Inspektor. „Bei so vielen Menschen fällt es nicht auf, wenn sich zwei entfernen. Noch dazu wird die Stimmung auf Hochzeiten nach der Brautentführung etwas gelöster. Die Leute verlassen ihre Tische, gehen an die Bar oder sonst wohin.

Der menschliche Trieb ist oft unergründlich und vor allem, er kommt und geht, wenn er will. Ich ging rüber zu Farkas' Tisch, wir haben uns heimlich unter dem Tisch berührt und dann sind wir eben … gefahren. Nicht weit. Der Wald ist ja von dort mit dem Wagen in drei Minuten erreichbar. Dort angekommen sind wir dann übereinander hergefallen. Der Matthias hat fabelhaft ausgesehen. Ich konnte meine Leidenschaft kaum zügeln und habe dann etwas zu fest zugestoßen, was zu einer Wunde bei Matthias führte und das Blut in meinem Wagen erklärt."

Sifkovits notierte alles in seinem kleinen Büchlein.

„Herr Kirisits, ich bedanke mich für Ihre Offenheit. Sie wissen, dass Sie ein starkes Motiv gehabt hätten, Ihre Schwiegertochter zu ermorden, aber gleichzeitig haben Sie ein Alibi für den Tatzeitpunkt. Wenn mir der Herr Farkas alles bestätigt."

„Das wird er. Über den Matthias gab es ohnehin immer wieder Gerüchte, dass er …" Sifkovits winkte ab.

„Ist schon gut, Herr Kirisits. Ich kann Ihnen versprechen, dass unser Gespräch vertraulich bleibt und niemand im Ort von Ihrer Vorliebe erfährt. Es geht auch niemanden etwas an."

Kirisits reichte dem Inspektor die Hand.

„Ich danke Ihnen, Herr Inspektor. Von ganzem Herzen."

Es klingelte an der Tür. Richard Kirisits öffnete und Sifkovits traute seinen Augen nicht. In der Tür stand sein Leberkäs-Kollege Berner aus Eisenstadt. Hinter ihm zwei Uniformierte.

„Was machst denn du da?", fragte ein überraschter Sifkovits.

„Ermitteln. Das hättest du auch machen sollen", gab Berner als zynische Antwort zurück. Berner hielt eine Plastikfolie in der Hand. Darin befand sich ein Handy. Er wandte sich an Richard:

„Richard Kirisits?"

Der verdutzte Mann bejahte. Berner weiter:

„Wir haben dieses Handy in Ihrem Wagen gefunden. Hier ist der entsprechende Durchsuchungsbefehl." Berner gab Kirisits ein amtliches Schreiben, das die Polizei befugte, seinen Wagen zu untersuchen. Hastig überflog Kirisits den Zettel.

„Wir konnten mittlerweile feststellen, dass es sich um das Handy der ermordeten Anna Jusic handelt. Würden Sie daher bitte mit uns mitkommen?"

„Wie bitte?", entfuhr es Sifkovits. „Er kann es nicht gewesen sein!"

„Warum?", fragte Berner.

„Das werde ich dir alles in Eisenstadt erklären", sagte Sifkovits zu seinem Kollegen.

Berner hielt Sifkovits zurück, als dieser nach draußen gehen wollte.

„Nein. Du fährst nicht mit. Ich werde Herrn Kirisits gemeinsam mit dem Oberst vernehmen. Anweisung von ganz oben."

Richard Kirisits gab dem Inspektor zu verstehen, dass er ohne Protest mit seinem Kollegen nach Eisenstadt fahren würde. Es würde sich alles aufklären. Dann wurde Herr Kirisits von den Beamten abgeführt. Sifkovits blieb allein zurück.

31.

Sifkovits' Versuche, seinen Vorgesetzten davon zu überzeugen, dass er bei der Vernehmung von Richard Kirisits anwesend sein sollte, blieben ohne Erfolg. Laut Anweisung von Taschner sollte er morgen früh nach Eisenstadt kommen.

Sifkovits stand in der Einfahrt vor dem Haus der Familie Kirisits. Der Mercedes G wurde gründlich von der Spurensicherung untersucht. Die Kollegen verabschiedeten sich vom Inspektor und brausten davon.

Warum finden wir das Handy von Anna erst jetzt?, dachte der Inspektor. Er konnte sich beim besten Willen keinen Reim darauf machen, außer jemand wollte, dass das Handy der Braut gefunden wurde.

Eine Zeit lang spielte Sifkovits mit dem Gedanken, einfach nach Eisenstadt zu fahren, um vor Ort zu sein. Er entschied sich letztlich aber dagegen, weil erstens sein Vorgesetzter auf 360 war und er zweitens seinem grünen Peugeot nicht mehr zutraute, es bis nach Eisenstadt zu schaffen. Er beschloss, ins Autohaus Wagner zu fahren, um seinen Wagen reparieren zu lassen.

Das Autohaus lag mitten im Ort, unweit der Kirche und des Pfarrhofs. Es war eine dieser typischen KFZ-Werkstätten am Land, bei denen ein Werkstatttor immer offen stand. Über die Werkstatt gelangte man ins Büro. Natürlich gab es auch einen separaten Eingang in die Büroräume, den nutzten aber nur Auswärtige. Die Einheimischen gingen direkt durch die Werkstatt.

Franz Wagner, der Chef des Betriebs, war ein stattlicher Mann Ende fünfzig. Er trug einen Peter-Rapp-Bart und hatte immer ölige Hände. Er war ein Autohändler vom alten Schlag und seine Hand hatte ebendiese Qualität.

In den letzten Jahren musste sich Wagner zunehmend mit Wiener Kunden herumärgern, die zahlreich in seine Werkstatt kamen, um das Pickerl machen zu lassen. Die Mechanikerstunde kostete bei ihm 55 Euro. Um diesen Preis öffnete in Wien ein Mechaniker nicht einmal die Motorhaube. Natürlich freute sich Wagner über die neuen Kunden, aber er fand, dass die Wiener einfach immer Ärger machten, weil sie mit seiner direkten Art nicht zurechtkamen. Ein Verkaufsgespräch beim Wagner entsprach überhaupt nicht dem, was man in diversen Verkaufsseminaren lernte.

Kunde fragt: „Was gibst du mir für das Auto?"

Wagner antwortet: „7000, mehr nicht!"

Wenn der Kunde sagt: „Zu wenig!", sagt Wagner: „Dann geh scheißen!" und Punkt. Damit musste man leben, wenn man zum Wagner ging, aber man konnte sicher sein, dass er einen nicht übers Ohr haute. Ein Mechaniker mit Leib und Seele, der wirklich daran interessiert war, ein defektes Fahrzeug zu einem fairen Preis wieder zum Laufen zu bringen und nicht „Sicherheitshalber sollten wir das und dies auch noch tauschen" sagte, um mehr Geld vom Kunden zu lukrieren.

In seiner Branche gäbe es, nach Wagners Worten, Beidln, die einen Luftfilter tauschen würden, der absolut in Ordnung war. Diese Kollegen könnte Wagner, wie er sagte, erwürgen. Wobei es sich bei diesen Worten nur um die harmlosen Ausdrücke handelte. Die Worte, die er sonst gern verwendete, waren deutlich ungehobelter.

Sifkovits' Peugeot stand seit etwa einer Stunde in der Werkstatt. Der Chef persönlich schraubte daran herum, weil der Lehrbub frei hatte, der andere Mitarbeiter einen Dacia Logan reparierte und Wagner gern an etwas älteren Autos arbeitete.

„Heutzutage kann man an den Autos ja nichts mehr machen. Nicht einmal Öl darf man wechseln, weil dann die Garantie erlischt. Früher hatten die Autos noch eine Seele und ein Herz, heute sehen sie alle aus wie aus einer Castingshow. Perfekt, aber ohne Ecken und Kanten. Früher konnte man einem Käfer noch einen Tritt geben und er lief wieder bis Dornbirn." Und überhaupt halte er diesen Hype um die Elektroautos für reinen Schwachsinn, denn keiner wisse, wie man diese Dinger, falls sie einmal kaputt gingen, entsorgen sollte. „Allein der Akku? Was machst du mit dem? Wo schmeißt den hin?", donnerte er Sifkovits ins Gesicht.

Der Inspektor hörte nur mit einem Ohr zu, da er mit großer Begeisterung den Mitarbeiter beobachtete, der sich am Dacia Logan abmühte. Auf Sifkovits' Frage, wie denn diese Dacia seien, bekam er von dem blonden Mann im blauen Overall eine ehrliche Antwort:

„Eh super. Ist halt ein Renault mit Migrationshintergrund!"

Sifkovits musste über diese Bemerkung lachen, dann wandte er sich wieder Herrn Wagner und seinem Franzosen zu. Wagner hatte gar nicht bemerkt, dass sich Sifkovits kurz entfernt hatte. Er war nach wie vor in seinen Sermon über die alte Zeit vertieft.

„Schiffi, ich sag dir ehrlich, das ist alles nicht mehr so, wie es früher war. Es macht überhaupt keinen Spaß mehr, eine Werkstatt zu betreiben. Alles ist überreglementiert, wir müssen über alles – und sei der Furz noch so geruchlos – Buch führen. Die ganzen Wiener Sauschädeln kommen zu uns, weil's billiger ist, aber dann musst du, bevor du was machen kannst, das ganze Auto von allen Seiten anschauen, weil sonst heißt es nachher: ‚Der Kratzer da unten war erst da, seit ich bei Ihnen in der Werkstatt gewesen bin.' Und als kleiner Autohändler? Was sollst denn machen? Selber zahlen!

Die Hiafla in der Zentrale in Deutschland wissen ja nicht, was an der Front los ist. Die haben studiert und wissen zwar, wie man am Papier Autos verkauft, aber wenn die Kopfdichtung geht, dann drücken s' am Armaturenbrett die SOS-Taste.

Wir kriegen jeden Tag neue Auflagen vom Konzern. Wenn ein Auto zu uns in die Werkstatt kommt, dann müssen wir ganz genau den Kilometerstand erfassen und in diese Scheiß-Computerkistn tippen, und nachdem das Auto repariert wurde, dürfen wir nur einen Kilometer mit dem Auto Probe fahren, um zu begutachten, ob alles wieder geht. Auch das muss dann ganz genau protokolliert werden. Der Computer, der Dreckskübel, ist ja mit der Zentrale verbunden. Die überwachen alles. Früher sind wir mit den reparierten Autos übers Wochenende nach Triest gefahren und keiner hat sich angekackt. Verstehst?"

Sifkovits nickte. Wagner war kaum zu bremsen.

„Und dann beginnen die Probleme. Der Dominik, unser Lehrbub, hat grad den L17-Führerschein gemacht. Was macht er? Er fährt mit einem Auto zu den erlaubten tausend Metern noch 22,7 Kilometer drauf. Ich kann ihn ja verstehen. Er wollte halt einmal mit einem großen, schönen Auto fahren und nicht mit so einem Hyundai-Minensucher.

Wahrscheinlich wollte er seine Katz' (er meinte Dominiks Freundin) beeindrucken. Alles ok, wenn er ehrlich ist zu mir, bin ich der Letzte, der ihn deswegen verurteilt. Aber dann zu lügen und zu sagen, er sei nicht damit gefahren, das tut mir als Chef einfach weh. Wenn er mit der Eis essen fährt – ja, soll er machen, aber mich anlügen geht nicht, weil ich hab dann das Problem mit der Zentrale. Dann ruft wieder so ein g'schleckter Marmeladinger an und fragt, was bei uns los ist. ‚Haben Sie Ihre Mitarbeiter nicht im Griff, Herr Wagner?' Wenn ich das schon höre! Da tät ich am liebsten antworten: ‚Nein, aber ich hab bald dich im Griff, und das wirst spüren.' Schau dir das an, Schiffi!"

Wagner führte Sifkovits zu einem Computer, der direkt in der Werkstatt stand. Nach kurzem Herumklicken mit der Maus hatte Wagner die richtige Seite gefunden. Der Kilometerstand des besagten Wagens überstieg die vorgeschriebenen 1000 Meter um 22,7 Kilometer.

Wagner ging zurück zum grünen Peugeot. Es werde nicht mehr lange dauern, versicherte er dem Inspektor. Nachdem auch der Keilriemen erfolgreich getauscht war, gingen die beiden Männer in Wagners Büro.

Es war ein typisches Landwerkstatt-Büro. Hinter dem Drucker hing der obligatorische Kalender mit nackten Frauen, auf der „Theke" stand eine Sumsi-Spardose, auf der ein Klebestreifen mit der Aufschrift „Kaffeekassa" angebracht war, und links auf einem Regal hatte Wagner Honig zu verkaufen, den sein Schwiegervater herstellte. Der Honigabsatz hielt sich in Grenzen.

Wagner gab Sifkovits eine neue Begutachtungsplakette, die er selber auf der Windschutzscheibe anbringen sollte. Nachdem Sifkovits den Erlagschein, den er von Wagner bekam, eingesteckt hatte, verabschiedeten sich die beiden Männer mit einem kräftigen Händedruck. Nun hatte auch Sifkovits Öl an seinen Händen.

Der Inspektor fuhr ohne Gequietsche aus der Werkstatt in Richtung seines Elternhauses. Dann aber drehte er um und kehrte noch einmal zurück zur Werkstatt.

Wagner war etwas überrascht.

„Was ist, Schiffi? Brauchst du noch einen Wunderbaum? Vanille ist im Angebot", sagte der Autohändler.

„Nein, danke. Ich hab nur noch eine Frage: Das Auto, das die Kilometerzahl überschritten hat, was war das für eine Marke?", fragte Sifkovits während er 50 Cent in die Sumsi-Dose steckte. Wagner musste nicht lange überlegen.

„Ein VW Touareg!"

Sifkovits hatte plötzlich wieder Lust auf Alkohol.

32.

Als Sifkovits auf seine Uhr sah, traute er seinen Augen nicht. Es war bereits 22.34 Uhr und er hatte in Maikits' Innenhof schon sieben Bier getrunken. Der Alkohol machte sich zunehmend bemerkbar. Was auch an der Tatsache lag, dass der Inspektor so gut wie nie Bier trank.

Sifkovits war in guter Gesellschaft. Bauer Fritz hatte bereits zwölf Bier und Maikits selbst neun Bier in den Venen. Als flankierende Maßnahme tranken die drei Herren in Summe 17 Obstler.

Der Inspektor erhob sich schließlich und wankte Richtung Toilette, die sich gegenüber in Maikits' Privaträumen befand. Der Greißler hatte kein Problem damit, dass die Gäste seine private Toilette benutzten. Sifkovits fiel auf die Muschel und alles begann sich zu drehen. Motiv? Motiv?, blitzte es immer wieder durch seinen schweren Kopf. Warum bringt man eine schwangere Frau um? Und hat der Täter gewusst, dass die Braut schwanger war?

Im Innenhof standen Maikits und Bauer Fritz eng umschlungen und sangen ein kroatisches Volkslied. Sifkovits gesellte sich zu den beiden. Die Szene wirkte so, als würden die drei Tenöre aus Stinatz ein Konzert geben, das niemand hören wollte. Es handelte sich um das Volkslied „Oral jesam".

Oral jesam oral
ali malo's oral

Nisu majko gledal
kuda konjki hidu

Neg sun majko gledal
kuda roze hodu

*(Gepflügt habe ich, gepflügt, aber wenig gepflügt.
Ich habe nicht, Mutter, geschaut, wo die Pferde hingehen,
Sondern ich habe, Mutter, geschaut, wo die Mädchen hingingen.)*

Die Männer sangen lauter und inbrünstiger:

Kuda roze hodu
hladnu vodu nosu

Jedno jutro rano
Su mi tri izasle

*(Wo die Mädchen gehen, kaltes Wasser tragen.
Eines frühen Morgens, sind drei vorbeigegangen.)*

Die Männer bemerkten gar nicht, dass eine weitere Person in den Innenhof kam.

Prva mi je bila
Tunka i visoka

Druga mi je bila
Mala i debela

Treca mi je bila
Srcv povolija

(Die Erste war dünn und groß
Die Zweite war klein und dick
Die Dritte, die hat mir gefallen.)

Poj si poj si sinak
I si ju izprosi

Bil sam bil sam majko
Nisu mi ju dali

(Geh, Sohn, geh, bitte um ihre Hand.
Ich war, Mutter, ich war, sie haben sie mir nicht gegeben.)

„Sag einmal, schämst du dich gar nicht?", mit diesen Worten riss Baba Sifkovits die Männer aus ihrer Bierseligkeit. Sie trug bereits ihr Nachthemd und in ihren Haaren steckten mehrere bunte Lockenwickler aus Plastik. „Mitten in der Nacht und vollkommen zu. Wenn das die Resl hört, weiß es morgen wieder das ganze Dorf. Jetzt schau, dass du heimkommst. Du musst morgen nach Eisenstadt."

Baba nahm ihren Sohn an der Hand und zerrte ihn nach draußen. Beim Überqueren der Straße warf sie Sifkovits noch einige Vorwürfe an den Kopf, die dieser aber nicht mehr wahrnahm.

Er fiel wie ein Stein ins Bett. Selbstverständlich hatte er nicht mehr Zähne geputzt oder seine Kleidung gewechselt. Man konnte in Chinohosen ganz gut schlafen.

Am nächsten Morgen erreichte der Inspektor um Punkt acht Uhr das LKA Eisenstadt. Sein Gesicht war unaufgeräumt und seine Kleidung wirkte zerknittert. Der Kater hatte ihn fest im

Griff. Kollege Berner saß an seinem Platz und recherchierte etwas im Internet. Vor ihm lag eine Chilileberkäse-Semmel.

„Morgen", sagte Berner, als Sifkovits das Büro betrat. „Weißt du schon das Neueste? Wir haben Fingerabdrücke vom Kirisits auf dem Handy der Braut gefunden."

„Ok", sagte Sifkovits, während er Wasser im Kocher heiß machte. „Wie habt ihr eigentlich das Handy der Ermordeten gefunden?", wollte der Inspektor von seinem Kollegen wissen.

„Wir haben einen anonymen Hinweis erhalten", bekam er als Antwort.

„Mhh. Waren da noch andere Fingerabdrücke drauf?", fragte Sifkovits weiter.

„Nein. Nur die von Richard Kirisits."

Sifkovits kratzte sich unter seiner Kappe.

„Aber das ist schon ein bissl komisch?"

„Was?", wollte Berner wissen.

„Na ja, warum sind nur seine Fingerabdrücke auf dem Handy? Da müssten doch auch Fingerabdrücke der Braut drauf sein, die das Handy sicher oft benutzt hat", sagte der Inspektor.

„Vielleicht hat der Kirisits das Handy gereinigt und dann versehentlich nochmal angegriffen", gab Berner als Erklärung zum Besten.

„Aber das klingt doch nicht logisch, Berner! Jetzt denk einmal nach. Da plant jemand penibel genau einen Mord, verwischt alle Spuren und dann passiert ihm so ein Fehler? Außerdem hat Richard Kirisits ein Alibi."

„Aber ein sehr schwaches!", bemerkte Berner. „Was ist, wenn ihn der Farkas deckt. Die zwei standen doch in einer Geschäftsbeziehung. Der Farkas wird doch keinen Geschäftspartner verraten. Noch dazu hat der Farkas ohnehin schon Kontakte mit Gerichten gehabt, also seine kriminelle Ader ist sicher ausgeprägter als bei manch anderem."

Sifkovits zweifelte an den Ausführungen seines Kollegen.

„Denk nach, Schiffi! Der Kirisits hatte ein eindeutiges Motiv. Wenn die Anna Jusic von seiner Homosexualität gewusst hat und das gegen ihn als Druckmittel verwendete – und das hat sie auch gemacht, laut seinen Aussagen –, dann hatte er das beste Motiv, das es gibt. Er inszeniert die Geschichte mit dem Farkas und verschafft sich ein Alibi. Und das Blut im Auto könnte auch schon früher dort gewesen sein."

Sifkovits trank einen kräftigen Schluck Käsepappeltee.

„Gut. Ich schau mir einmal das Handy der Braut an", sagte er zu seinem Kollegen.

„Kannst du gerne machen, wird aber nicht viel bringen. Wir haben es gestern überprüft und sind auf nichts Brauchbares gestoßen", versuchte Berner Sifkovits' Hoffnungen zu schmälern.

„Wo ist der Kirisits?", fragte der Inspektor.

„Noch bei uns. Aber sein Anwalt ist schon da. Schau ma mal, wie lange wir ihn noch hierbehalten können."

Sifkovits verließ das Büro und machte sich auf den Weg in die Asservatenkammer.

Berner hatte recht. Das Handy von Anna Jusic brachte keine neuen Erkenntnisse. Sie hatte nur wenige Nummern eingespeichert, auch private Notizen waren eher spärlich. Immer wieder scrollte er die Kontaktliste von unten nach oben. Sifkovits wunderte sich, dass im Handy so gar nichts Verdächtiges zu finden war. Wo würde man am besten etwas verstecken? Plötzlich hatte er eine Idee.

Er scrollte in den Kontakten zum Wort Auskunft. Als er die Visitenkarte öffnete, stieß er auf eine Handynummer, die sicher nicht jene der Auskunft war. Ein gut überlegtes Versteck, dachte Sifkovits. Er wählte die Nummer bewusst von Anna Jusic' Handy. Nach kurzem Läuten nahm ein Mann ab.

„Ja hallo, Monika. Lange nichts gehört! Wie geht's dir bei den Krowoten?"

33.

Der Mann, der Sifkovits gegenübersaß, trug einen Bademantel aus rotem Samt. Sein Bauch ragte etwas darunter hervor. Er hatte seinen Kopf nach unten geneigt. Vor ihm stand ein Glas Gin Tonic. Sifkovits war in einem Etablissement, das sich „Puderdöschen" nannte. Es lag im 11. Wiener Gemeindebezirk in einer schäbigen Seitengasse. „Flichi", so nannte sich der Mann im roten Bademantel, war sichtlich betrübt. Er hatte eine Stunde zuvor mit dem Inspektor telefoniert, der über ein Handy anrief, das Flichi sehr gut bekannt war.

Im Bordell war noch kein Betrieb. Außer einer jungen Dame, die im hinteren Eck ein paar Tische wischte, war niemand im Raum. Die Einrichtung des Freudenhauses hatte in etwa so viel Geschmack wie Flichis Bademantel. Furchtbare Samtbezüge mit falschen Goldverzierungen. Die Bilder an der Wand zeigten Akte, die sicher nicht von einem professionellen Fotografen stammten.

Flichi nahm einen kräftigen Schluck von seinem Gin Tonic und blickte auf den Inspektor. Dann schüttelte er seinen Kopf.

„Das ist ja furchtbar. Eine Tragödie. Ich habe davon noch nichts erfahren. Wissen S' eh, bis zu uns in Wien dringen Nachrichten aus dem Südburgenland oft nicht durch. Weil's uns auch wurscht ist, aber in dem Fall bin ich mehr als schockiert." Flichi hatte noch nicht gewusst, dass Anna Jusic tot war.

„Anscheinend war die Anna ein sehr netter Mensch, was mir die Leute in Stinatz erzählt haben. Können Sie das bestätigen?", fragte Sifkovits.

„Ja, sicher. Sie hatte ja eine aufregende Lebensgeschichte. Sie ist damals im Jugoslawienkrieg geflüchtet und, wie es halt so ist, irgendwann ist sie dann bei uns gelandet. Sie hat eine gute Arbeit gemacht, aber es war von Anfang an klar, dass sie nicht auf ewig hier bleiben wird. Ich sage Ihnen ganz ehrlich: Unser Geschäft ist, was es ist. Die einen mögen es, die anderen verurteilen es, aber es gibt zumindest in meinem Betrieb einen Ehrenkodex. Ich habe sie immer untersuchen lassen, auch da gab's nie Probleme. Ich bin aber auch jemand, der ihr keine Steine in den Weg gelegt hat.

Ich habe immer zu ihr gesagt: Wenn du einmal gehen willst, dann sag's mir früh genug. Wir haben ohnehin so viele Mädchen, die in Europa stranden und was arbeiten wollen. Die Anna war, was unser Geschäft betrifft, schon etwas älter und es kommt ja laufend was Junges nach."

Sifkovits wunderte sich über die Offenheit von Flichi. Leute aus dem Rotlichtmilieu waren oftmals eher verschlossen und wortkarg.

„Das heißt, Sie haben ihr beim Ausstieg geholfen?", wollte Sifkovits wissen.

„Ja. Wir haben geschaut, dass sie diesen Job im Hilton bekommt, da hat uns ein Bekannter etwas geholfen. Näher kann ich da aber nicht ins Detail gehen, weil ich bin ja nicht mein eigener Feind, wenn Sie verstehen, was ich meine."

Sifkovits verstand und bohrte diesbezüglich nicht weiter nach.

„Mit dem Job im Hilton war die Anna sehr glücklich."

„Verstehe, Herr Flichi. Was hatte es mit dem Namen Monika Maier auf sich?"

Flichi deutete der jungen Frau, dass er noch ein Gin Tonic haben wolle, dann sprach er weiter.

„Sie hat sich hier Monika genannt. Nachdem sie bei uns ausgeschieden ist, haben wir ihren Lebenslauf um ein paar kleine Details verändert und etwas geschönt. Ein durchaus üblicher Vorgang. Damit es unsere Damen im weiteren Berufsleben etwas leichter haben. Kein Arbeitgeber stellt gerne eine ehemalige Hure ein.

Sie hat, als sie noch bei uns war, einen kennengelernt, eh aus ihrer Gegend, und wenn der kam, sind sie nie bei uns im Haus geblieben, sondern haben sich immer in ein Stundenhotel eingemietet. Unter dem Namen Monika Maier. In den war sie, ich will nicht sagen verliebt, aber der hat zumindest dazu beigetragen, dass sie ihren Ausstieg beschleunigte. Das Tragische war, dass sie von dem Typen schwanger wurde und das Kind verloren hat. Danach war ihr Ausstieg beschlossene Sache."

Sifkovits kratzte sich unter der Kappe. Langsam fügten sich in seinem Kopf ein paar Puzzleteile zusammen.

„Verstehe, Herr Flichi. War die Anna danach mit dem Herrn zusammen?", fragte Sifkovits.

„Na ja, da gab's ein großes Problem. Der war verheiratet. Ich hab das auch nur so am Rande mitbekommen, aber soweit ich weiß, konnte der sich nicht von seiner Frau trennen, weil es da um irgendeine Firmengeschichte mit einer Bürgschaft ging, die sie für ihn übernommen hatte. Also wie immer ging's ums Geld.

Es ist ja eine Ironie der Geschichte, dass sich die Anna später wieder einen Südburgenländer geangelt hat."

Sifkovits hatte noch eine letzte Frage:

„Wissen Sie, in welchem Krankenhaus Anna ihre Fehlgeburt hatte?"

„Das war im AKH", antwortete Flichi.

„Vielen Dank."

Mit diesen Worten verabschiedete sich Sifkovits und fuhr Richtung AKH.

Nach einem ausführlichen Gespräch mit dem Arzt im AKH, der damals für Anna Jusic zuständig gewesen war, wurde eines ganz klar: Es war keine Fehlgeburt, es war eine Abtreibung.

Bevor Sifkovits zurück nach Stinatz fuhr, machte er einen kurzen Zwischenstopp in seinem Büro in Eisenstadt. Dieser hatte nur einen einzigen Grund: Er holte seine Dienstwaffe.

34.

Sifkovits startete seinen Peugeot bei der Autowerkstatt Wagner. Er fuhr bis zum Gasthaus zum Goldenen Hirschen in Unterlimbach, von dort weiter zu dem Feld, auf dem die Leiche gefunden worden war, und wieder zurück zur Werkstätte Wagner. Es waren 23,1 Kilometer. Die 400 Meter von Frecos Baustelle zum Feld musste der Täter gerollt sein, da die Straße abschüssig war.

Dann käme man genau auf jene 22,7 Kilometer, die Wagner seinem Lehrbuben zuschrieb, der aber mehrmals beteuert hatte, nicht mit dem Wagen gefahren zu sein. Sifkovits glaubte ihm. Er wählte eine Nummer.

35.

Er sitzt neben mir im Auto und steuert seinen grünen Peugeot in einen Waldweg. Ich glaube, er weiß, dass ich es war. Ich habe mir bewusst diesen Platz ausgesucht, da er mit vielen Erinnerungen verbunden ist und uns hier sicher niemand finden wird. Wir dringen weiter in den Wald ein. Der Feldweg wird zunehmend schlechter.

Bei „Fünf Sterne“ bitte ich ihn, den Wagen anzuhalten. Er tut es. Wir steigen aus und gehen auf eine kleine Kapelle zu, die sich dort im Wald befindet. Es ist ganz still. Ich merke, wie ich etwas zu zittern beginne.

Er geht ein paar Schritte voraus und blickt auf den gekreuzigten Heiland, der hier seit Jahren in der Gegend herumhängt. Eine Zeit lang steht er einfach nur da. Keiner sagt ein Wort. Wir hören Vögel zwitschern. Irgendwo knistert etwas im Unterholz. Ich versichere mich, dass mein Messer griffbereit in meiner Hosentasche steckt. Ziemlich sicher werde ich es verwenden müssen. Er dreht sich zu mir um und spricht mich an.

36.

„Kannst du dich noch erinnern, wie wir hier gezeltet haben?“, wollte Sifkovits von seinem Freund wissen. Er deutete auf eine Stelle hinter der Kapelle.

„Da hinten ist das Zelt gestanden“, sagte Freco, „Erinnerst du dich noch? ‚Wo ist mein Bein? Wo ist mein Bein?‘“

Beide Männer nickten und lächelten schwach.

„Ich denke gern zurück an diese Zeiten“, führte Freco weiter aus, „die waren so unbeschwert. Wir waren voller Unschuld und Tatendrang. Keiner von uns wusste, in was für ein Scheißleben wir vom Wind geblasen werden. Manchmal habe ich das Gefühl, dass ich ersticke.

Mein Leben ist nur eine Fassade. Meine große Liebe hab ich nicht leben können. Außerdem wollte ich immer Kinder, eine große Familie. Auch das war mir nicht vergönnt. Ich habe mir immer einen Buben gewünscht. So gerne wäre ich mit ihm zum Fußballplatz gefahren als Zuschauer, wenn er in einer Kindermannschaft spielt, und hätte ihn angefeuert. Und vieles unternommen, was man nur mit seinem Sohn machen kann.

„War es das wirklich wert, Freco?“

„Ach, Schiffi. Wach einmal auf. Du hast keine Ahnung. Wie kannst du das jemals verstehen?“, sagte Freco in leisem Ton.

„Auf einmal war Anna wieder da. Noch dazu in Stinatz, direkt vor meinen Augen mit Robert, dem Langweiler. Ich musste zusehen. Mein Schmerz war auf einmal wieder da und heftiger als je zuvor. Es war so anstrengend, die Fassade aufrechtzuerhalten … jeden Tag habe ich daran gedacht, was für eine glückliche Familie ich mit Anna hätte haben können … Schließlich war ich es, der sie aus dem Puff herausgeholt hat. Die Zeit damals hat mich auch viel Geld gekostet, ich musste ja für jede Stunde mit ihr bezahlen. Als sie dann den Job im Hilton hatte, wollte sie mich heiraten. Das konnte ich doch nicht, da hat sie mich fallen gelassen.

Sie hat mich in der Hand gehabt und ich konnte mit niemandem darüber reden. Sonst wäre die ganze Geschichte aufgeflogen und ganz Stinatz hätte es gewusst, auch meine Frau."

„Nein, ich verstehe es nicht, aber ich will's gerne verstehen", entgegnete der Inspektor. „Du hast einen großen Fehler gemacht, Freco!"

„Und zwar?", fragte sein alter Schulfreund.

„Woher wusstest du, dass die Anna schwanger war? Du hast gesagt, der Robert hat's dir erzählt. Aber das war gelogen. Ich glaube nicht, dass es dir der Robert erzählt hat, weil er noch einen Tag vor der Hochzeit einen Schwangerschaftstest besorgt hat. Der Robert wusste nicht, dass seine Frau schwanger war. Es wussten nur die Anna und der David. Der Pfarrer hat es aber niemanden erzählt. Beichtgeheimnis. Hat's dir die Anna kurz vor ihrem Tod noch gesagt?"

Sifkovits traf einen wunden Punkt bei Freco. Dieser nickte.

„Ich habe die Anna die ganze Zeit beobachtet auf der Hochzeit. Sie hat immer nur am Sekt genippt. Ich ging die Tische ab, an denen sie saß, überall das gleiche Bild. Volle Sektgläser. Welche Braut nippt nur am Sekt auf der eigenen Hochzeit? Ich habe sie fixiert und mein Verdacht wurde immer konkreter. Und dann, als sie entführt wurde, bin ich durchgedreht. Ok, ich hab schon etwas getrunken gehabt.

Ich bin rüber zum Autohaus Wagner, weil ich wusste, dass mein VW Touareg nicht in der Werkstatt stand, sondern draußen am Parkplatz, das Auto war ja fahrbereit, und dann bin ich ihr nachgefahren. Im Auto stieg meine Wut ins Unermessliche. Angekommen beim Goldenen Hirschen versteckte ich mich hinten im Holzlager und wartete auf eine passende Gelegenheit.

Als diese kam, habe ich sie im Innenhof zur Rede gestellt. Dann hat sie's zugegeben, dass sie schwanger ist, von einem Idioten und Langweiler wie dem Robert. Es kam zu einem Streit und dann hat sie mir gesagt, dass sie mein Kind damals abgetrieben hat. Ich höre ihre Worte noch heute in meinen Ohren: ‚Nein! Es war keine Fehlgeburt. Es war eine Abtreibung. Ich wollte dein Kind nicht haben!! Verstehst du das?' Für jemanden wie mich, der sich nichts sehnsüchtiger wünscht als Kinder, war das der furchtbarste Schlag in meinem Leben. Es schmerzt heute noch, dass diese dreckige Hure mein Kind getötet hat. Dann sind meine Sicherungen durchgebrannt. Ich griff mir den ersten Gegenstand, den ich auf der Werkbank finden konnte, und schlug zu. Ein Schlag hat gereicht."

Frecos Augen wurden rot.

„Schiffi, sie war meine große Liebe, aber die Sau hat mich nur ausgenutzt!"

Nun füllten sich seine Augen mit Tränen.

„Es kann kein Zufall sein, dass die Wörter Liebe und Lüge beide mit L beginnen!"

Frecos Schultern sanken etwas zusammen.

Sifkovits sah ihn schweigend an.

„Bist du nach dem Mord mit der Leiche zur Baustelle gefahren?", fragte er.

Freco nickte. Der Inspektor hatte eine Theorie.

„Weil du genau wusstest, dass ihr dort am Montag ein Fundament betonieren würdet. Du wolltest die tote Anna im ausgehobenen Graben ablegen und sie am Montag zuschütten lassen. Niemand hätte irgendwas bemerkt und niemals hätte man die Leiche gefunden."

Freco bejahte auch dies.

„Richtig, Schiffi. Aber leider hab ich nicht gewusst, dass diese depperten Ungarn da waren. Deshalb hab ich die Leiche im Feld abgelegt."

„Zu dem Feld bist du hingerollt, stimmt's?"

„Ja. Dort habe ich mir dann gedacht, wenn ich die Anna ins Feld lege, wird der Mähdrescher das Seine tun", erläuterte der Mörder.

„Blöd nur, dass der Mähdrescher Annas Kopf nicht erfasst hat!", sagte Sifkovits.

„Ja, das war leider mein Pech. Denn dann wäre von Annas Kopf nicht viel übrig geblieben."

Sifkovits sah, dass Freco kurz über dieses Szenario nachdachte. „Warum hast du ihr Handy genommen und es dann dem Kirisits untergejubelt?", wollte der Inspektor wissen. „Auch das war ein Fehler."

„Sie hat mich beim Streit gefilmt. Ich hab's einfach mitgenommen, und als sich der Verdacht auf den Kirisits konzentrierte, hab ich mir gedacht, ich müsste da ein wenig nachhelfen. Sein Auto hat er ja nie abgesperrt. Ich hab das Handy dort platziert und dann bei euch anonym in Eisenstadt angerufen und den Hinweis gegeben. Ich wusste, dass er zur Tatzeit auch nicht im Pfarrhof war. Das war natürlich … blöd. Sonst wäre es der perfekte Mord gewesen!"

„Freco, den perfekten Mord gibt es nicht. Wie hast du die

Fingerabdrücke vom Kirisits aufs Handy bekommen?", fragte Sifkovits.

„Als der Richard bei mir auf der Baustelle war, hab ich es ihm, unter dem Vorwand, er möge sich Fotos von Wohnbauten ansehen, in die Hand gedrückt. Ich trug Handschuhe. Als er es dann nahm, entschuldigte ich mich, dass ich einen Fehler gemacht und ihm ein falsches Handy gegeben hätte, nämlich mein privates. Er gab mir das Telefon zurück und ich gab ihm das richtige. Schon hatte ich seine Fingerabdrücke."

Sehr clever gemacht, dachte Sifkovits. Er sprach den Gedanken aber nicht aus.

„War dir das Risiko nicht zu hoch, die Hochzeit für eine halbe Stunde zu verlassen? Was, wenn es jemandem aufgefallen wäre?"

Freco konnte die Frage des Inspektors nachvollziehen. Sein Glück sei es gewesen, dass niemand der Gäste sein Verschwinden bemerkt habe. Freco kam ganz nahe an Sifkovits heran. Der Inspektor spürte, dass jetzt gleich etwas passieren würde. Freco atmete laut und blickte seinem alten Freund tief in die Augen. Die Luft zwischen den beiden war zum Schneiden.

„Du weißt, was jetzt passieren wird?", frage Freco eher rhetorisch.

Sifkovits nickte.

„Ich verspreche dir, dass du einen offenen Sarg bekommst. Deine Mutter wird sich anständig von dir verabschieden können."

Frecos Worte bohrten sich direkt in den Unterleib des Inspektors. Als er das Messer sah, war ihm klar, dass es nicht bei Worten bleiben würde. Er zog seine Dienstwaffe und richtete sie auf seinen Freund.

„Freco! Das ist doch ein Schwachsinn. Ich kann die Demütigung, die du erlitten hast, absolut verstehen, aber hast du nicht schon genug Blut gesehen? Willst du jetzt noch jemanden angreifen? Sifkovits wedelte kurz mit seiner Waffe.

„Du erschießt mich nicht!“, sagte Freco bestimmt.

„Ich sage dir, ich wäre mir da nicht so sicher.“

Freco ging auf Sifkovits zu, nahm das Messer hoch, richtete es auf ihn. Kurz bevor Sifkovits in Frecos Bein schießen wollte, drehte dieser das Messer um und wollte es sich selbst in den Bauch stoßen. Es gelang Sifkovits gerade noch, ihm das Messer aus der Hand zu schlagen.

Dann fielen beide zu Boden.

Freco begann heftig zu weinen. Sein Zustand steigerte sich zu einem Weinkrampf. Er umarmte den Inspektor und drückte ihn ganz fest an seinen Körper.

„Es tut mir so leid, Schiffi!“, brüllte Freco in die Schulter seines Freundes.

Seine Stimme wurde schwächer, sein Griff, mit dem er Sifkovits hielt, wurde lockerer und Sifkovits bemerkte, dass seine Weste voller Blut war.

Sifkovits’ Kollegen, die sich zu seiner Sicherheit nahe der Kapelle versteckt hatten, sprangen aus ihrer Deckung und hielten Freco nieder.

Sifkovits rief ihnen zu: „Er ist verletzt. Ruft sofort die Rettung!“

37.

Als Freco wieder ansprechbar war, legte er ein umfangreiches Geständnis ab.

Am nächsten Tag besuchte Sifkovits seinen Freund im Krankenhaus.

„Du hast großes Glück gehabt."

„Ich weiß, zwei Zentimeter tiefer und weiter links und ich hätte meine Aorta erwischt und wäre verblutet. Danke, dass du so schnell reagiert hast. Du hast mich gerettet. Was auch immer jetzt mit mir passieren wird."

„Gut, dass du geständig warst."

Freco zeigte sich äußerst kooperativ und versicherte, auch in der Gerichtsverhandlung die zu Protokoll gegebenen Aussagen zu wiederholen.

„Ich bin mir ziemlich sicher, die Anklage wird auf Totschlag, auf Mord im Affekt lauten. Bei guter Führung kannst du das Gefängnis möglicherweise schon nach einigen Jahren wieder verlassen. Ich werde mich für dich einsetzen, aber versprechen kann ich nichts."

„Danke!"

Freco streckte Sifkovits zum Abschied die Hand hin, dieser ergriff sie, schüttelte sie, nickte Freco stumm zu und verließ das Krankenzimmer.

Richard Kirisits wurde entlastet und durfte nach Hause gehen. Er würde sich bald von seiner Frau trennen und ein neues Leben beginnen. Gemeinsam mit seinem Freund Matthias Farkas.

Sifkovits kam ins Büro und machte sich daran, den Papierkram zu erledigen. Eine Aufgabe, die ihm keine Freude bereitete. Noch dazu kam die Aufforderung, ins Büro seines Vorgesetzten zu kommen.

„Gratulation, da haben Sie den richtigen Riecher gehabt. Auch wenn die Art Ihrer Ermittlungen in vielen Punkten nicht unseren Dienstvorschriften entsprochen hat, muss ich anerkennen, dass Sie gute Arbeit geleistet haben. Wenigstens haben Sie bei der Verhaftung Ihre Dienstwaffe dabeigehabt, ein kleiner Lernprozess ist also zu sehen.

Sie können wegtreten!"

Als Sifkovits seine Dienstwaffe in die Schreibtischschublade zurücklegte, bemerkte er, dass sie nicht geladen war.

38.

Einige Tage später saß der Inspektor auf dem Bankerl gegenüber von seinem Elternhaus. Die gesamte Kopftuchmafia war anwesend und es wurde heftig über den Mord diskutiert. Am Land lässt sich ein interessantes Phänomen beobachten, wenn ein Täter aus einem kleinen Dorf stammt und man ihn noch dazu gut kennt. Da kommt fast jedes Mal das „Dreier"-Prinzip zur Anwendung. Und das sieht so aus:

Zunächst sagen die Leute: „Also, das hätte ich mir nicht von ihm gedacht. Er war so ein netter Mensch. Freundlich, unauffällig und sehr hilfsbereit."

Wenn dann etwas Zeit vergangen ist, heißt es in der zweiten Stufe: „Na ja, ein wenig komisch war er schon immer."

Und wenn noch mehr Zeit vergangen ist, wird in der dritten Stufe weiter nachgelegt: „Uns war immer klar, dass bei dem irgendwas nicht stimmt."

Die Mafia war gerade in Stufe zwei unterwegs.

Sifkovits blickte auf den wolkenlosen Himmel. Er trank seinen Tee und war in guter Stimmung. Heute Abend würde er nach Schwechat fahren. Seine Frau kam endlich aus Kenia zurück.

„Aber auf eines bist du nicht draufgekommen!", sagte Frau Resetarits zum Inspektor.

„Was denn?", fragte er nach.

„Dass deine Schwester zur Tatzeit auch nicht im Pfarrhof war", schleuderte die alte Frau dem Inspektor ins Gesicht.

Sifkovits musste das bejahen.

„Ja, das konnte ich wirklich nicht ermitteln", gab er zu, „wo war sie denn?"

„Eine Blutblasn am linken Fuß hat s' gehabt!", sagte die dicke Frau Grandits, „von den neuen Stöckelschuhen. Das ist mir früher auch öfter passiert."

So genau wollte es der Inspektor gar nicht wissen.

Er verabschiedete sich von den alten Damen und Maikits mit dem Zusatz, dass er ohne sie den Fall niemals gelöst hätte.

Dann stieg er in seinen grünen Peugeot, der wieder lief wie ein Glöckerl. Seine Mutter rief ihm noch nach: „Aber das nächste Mal kommst unter anderen Umständen wieder nach Stinatz! Verstanden!"

Sifkovits nickte und fuhr davon.

Babas Erdäpfelstrudel

Zutaten

Für den Strudelteig:

ca. 60 ml warmes Wasser
120 g glattes Mehl
1 EL neutrales Pflanzenöl
½ TL Essig
1 Prise Salz
Schmalz zum Bestreichen des Teiges

Für die Füllung:

800 g mehlige Erdäpfel
1 große Zwiebel
1 TL getrockneter Majoran
1 EL Petersilie
1 kleine Zehe frischer Knoblauch
Salz
Pfeffer
1 Prise Muskatnuss gemahlen

Zubereitung

Für den Strudelteig Wasser, Öl, Essig und Salz in einer großen Rührschüssel vermengen.

Rund die Hälfte des Mehls dazugeben und mit einem Kochlöffel kräftig rühren.

Das restliche Mehl zugeben und einarbeiten; zuerst mit dem Kochlöffel, dann mit den Händen zu einem glatten und geschmeidigen Teig kneten.

Den Strudelteig zu einer glatten Kugel formen, die Arbeitsfläche mit ein wenig Mehl leicht bestäuben und die Teigkugel 8 bis 10 Minuten mit den Händen kräftig weiter kneten. Dabei zwischendurch den Teig auf die Arbeitsfläche schlagen und darauf achten, dass er noch leicht feucht bleibt, aber trotzdem nicht klebrig ist. Ansonsten könnt ihr einfach noch ein wenig Mehl einarbeiten.

Eine große Schüssel mit Öl bepinseln und den zu einer glatten Kugel geformten Teig in die Schüssel legen und ebenfalls mit ein wenig Öl bestreichen.

Den Strudelteig nun ca. 1 Stunde abgedeckt bei Zimmertemperatur rasten lassen.

Für die Füllung die Zwiebel in der Zwischenzeit schälen und mit einem Messer in kleine Stücke schneiden. Die Petersilie waschen und ebenfalls klein hacken.

Ein wenig Öl in einer Pfanne erhitzen und die Zwiebel darin glasig dünsten, frisch gehackte Petersilie dazugeben und ebenfalls kurz mitdünsten.

Die Erdäpfel gründlich abwaschen, schälen und ca. 10 Minuten in kaltes Wasser einlegen.

Die Erdäpfel abseihen und mit einer Gemüsereibe in grobe Stückchen reiben.

Die geriebenen Erdäpfel in eine Schüssel geben und in Wasser einlegen.

Die Arbeitsplatte leicht bemehlen und den Teig mit einem ebenfalls bemehlten Nudelholz auf die längere Seite eines Backbleches ausrollen und dabei nochmals den Teig bemehlen, damit er nicht kleben bleibt.

Ein Strudeltuch oder eine saubere Tischdecke auf einem Tisch ausbreiten und mit wenig Mehl bestäuben.

Mit beiden Handrücken vorsichtig unter den Teig fahren und den Strudelteig von innen nach außen dehnen, bis er sehr dünn und groß ist.

Den Strudelteig vorsichtig auf das ausgebreitete Strudeltuch legen und mit den Fingern weiter rechteckig hauchdünn ausziehen.

Den Strudelteig leicht mit Öl benetzen und die geriebenen Erdäpfel gründlich mit den Händen ausdrücken. Die ausgedrückten

Erdäpfel auf einem sauberen Küchentuch platzieren, das Küchentuch einschlagen und nochmal fest ausdrücken, damit die Erdäpfel nicht zu feucht sind.

Die ausgekühlten Zwiebelwürfel und die zerdrückte Knoblauchzehe aufstreuen. Die ausgedrückten Erdäpfel ebenfalls darüber verteilen und mit Salz, Pfeffer, Majoran und Muskatnuss würzen.

Die oberen und unteren Strudelenden jeweils über der Füllung zusammenklappen und den linken frei gelassenen Strudelrand ebenfalls über die Füllung legen.

Den Strudel mithilfe des Strudeltuches vom linken zusammengeklappten Rand her aufrollen und mit der unteren Naht auf ein mit Backpapier belegtes Backblech oder in eine zuvor ausgefettete Auflaufform gleiten lassen. Den gerollten Strudel mit Schmalz bepinseln und im vorgeheizten Backofen bei ca. 185 C° Ober/Unterhitze ca. 30–40 Minuten goldbraun backen.

Nach Ende der Backzeit den Erdäpfelstrudel aus dem Ofen nehmen und kurz ein wenig auskühlen lassen.

Den Erdäpfelstrudel in Stücke schneiden und zusammen mit einem knackigen Salat genießen.

Danke an:

Brigit und Marina vom Ueberreuter Verlag für die perfekte Betreuung. Ohne euch wäre dieses Buch nie erschienen. Danke an Herrn Halm von der KRIPO für die fachmännische Beratung.

Ebenfalls herzlichen Dank an Lieselotte, Emil, Katharina, Angelika, Thomas, Geli, Anna, Christian, Julia, Diethmar, Katharina, Franzi, Klaus, Simon, Clara, Blacky, E&A, Andreas, Manuel, die Bevölkerung von Stinatz, an die Damen am Buchcover und natürlich an alle, die dieses Buch gekauft haben.

Johann und Hugo: Ich weiß, dass ihr das da oben mitbekommt.

Euer Thomas

Thomas Stipsits über Stinatz

Was verbindet dich mit Stinatz, dem Schauplatz deines neuen Buches?

Thomas Stipsits: Mein Papa kommt aus Stinatz. Daher habe ich als Kind die Ferien immer dort verbracht. Der Ort hat eine gewisse Magie, die sich nur ganz schwer beschreiben lässt. Man muss dort hinfahren, um es zu verstehen.

Wie geht es dem Projekt „Ein Freibad für Stinatz"?

Thomas Stipsits: Ich kämpfe weiter.

Wenn Fitzcarraldo eine Oper im Dschungel bauen kann, dann liegt ein Freibad in Stinatz auf der Hand.

Was inspirierte dich zu deinem ersten Krimi?

Thomas Stipsits: Ich wollte schon immer einen Kommissar schaffen, der Inspektor Columbo ähnelt.

Mein Inspektor Sifkovits ist so einer. Er hat ein intaktes Familienleben, geht gerne zur Mama essen und ist im Dorf sehr beliebt.